FRONTERIZAS
Una novela en seis cuentos

Por Roberta Fernández

Intaglio: A Novel in Six Stories

*In Other Words: Literature by
Latinas of the United States*

FRONTERIZAS
Una novela en seis cuentos

Roberta Fernández

Arte Público Press
Houston, Texas

Esta edición ha sido subvencionada por la Ciudad de Houston por medio del Concejo Cultural de Arte de Houston, Harris County.

Arte Público Press
University of Houston
Houston, Texas 77204-2174

Diseño de la portada por Adelaida Mendoza
"Quinceañera", arte de la portada es cortesía de Rosario Azíos

♾ El papel utilizado en esta publicación cumple con los requisitos del American National Standard for Information Sciences—Permanence of Paper for Printed Library Materials, ANSI Z39.48-1984.

1 2 3 4 5 6 7 8 9 0   10 9 8 7 6 5 4 3 2 1

In Memoriam

A mi madre
Margarita López Fernández

A fuego lento
en olla de barro
coció
mitos de dos culturas,
luego,
a cucharillas
me sazonó
con su salsa picosita.

Contenido

Agradecimiento

Se les extiende una nota muy especial de agradecimiento a Lucha Corpi, Rhina Espaillat, y Cecilia Espinoza Ludwig por su sincera amistad y su apoyo constante. Se les agradece especialmente por sus consejos acerca de la lengua que aprendimos de nuestras madres—en Veracruz, Santo Domingo, Guayaquil, y Laredo, Tejas—recordando que ahora nos comunicamos entre Oakland, Newburyport, Houston, y Athens tanto en inglés como en español, la otra lengua de los Estados Unidos.

❦ ❦ ❦

También me gustaría reconocer la influencia de tres personas, ahora fallecidas, quienes me inspiraron a cambiar el enfoque de mis estudios de la literatura en inglés a la literatura en español: Miguel Enguídanos, mi profesor de español para hispanoparlantes; Ricardo Guillón, gran maestro y director de mi tesis de maestría; y Rafael Pérez de la Dehesa, quien me enseñó el otro Laredo, su Laredo, en Santander.

❦ ❦ ❦

Se extiende también una nota de agradecimiento a la beca DeWitt Wallace/Readers' Digest/MacDowell que permitió que la autora terminara el primer borrador de esta versión de *Intaglio: A Novel in Six Stories* durante una residencia en la MacDowell Colony en New Hampshire.

❦ ❦ ❦

Finalmente, quisiera manifestar mi gratitud a Nicolás Kanellos, a Marina Tristán, a Gabriela Baeza Ventura por la lectura cuidadosa que hizo del manuscrito, y a la editorial Arte Público Press. Todos han hecho posible la publicación de *Fronterizas: Una novela en seis cuentos*.

R. F.

. . . en una sociedad 'tradicional', se esperaba que un individuo adaptara su forma de vida y sus ambiciones a las tradiciones colectivas; por eso, casi no había por qué extrañar las tradiciones del pasado, ya que éstas continuaban en el presente . . . pero en la época moderna la nostalgia por el pasado étnico es más sensible y más extendida y persistente . . . Todo lo que queda es la memoria y la esperanza, la historia y el destino. Pero, a la vez, estas memorias y estas esperanzas son colectivas e inter-generacionales; son 'nuestra' historia y 'nuestro' destino.

Anthony Smith,
The Ethnic Origins of Nations

. . . la tradición no solamente se transmite sino que también se recibe. Es una decisión consciente, una herencia que se puede aceptar o rechazar. Pero una vez que se rechaza, desaparece.

Ellen Goodman,
"Holiday Traditions Meld Generations"

Soñaban sueños de los que nadie se enteraba (ni ella mismas, en forma coherente) y tenían visiones que nadie entendía . . . Nuestras madres y abuelas—algunas de ellas se movían a música que aún ni se había inventado.

Alice Walker,
In Search of Our Mothers' Gardens

ANDREA

La Familia de Andrea

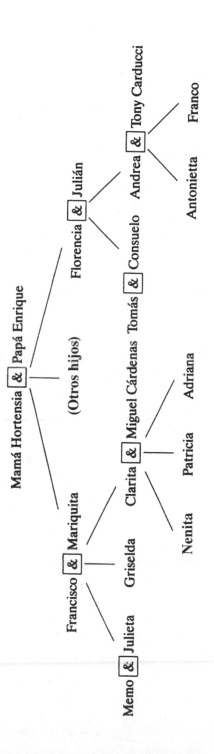

Hay algo en ti
 en todos
  los que llevamos canciones dentro
   mientras cortamos el aire de nuestra pena
   con pasos de baile,
    carnaval de espíritus tristes,
     brotes
      desgarrados
          en el agua.

                    Jessica Hagedorn

Andrea

I

Las imágenes encantadoras que mi madre fue grabando en mi imaginación de niña pronto llegaron a tomar vida propia. A nosotras, sus tres pequeñas, nos contaba cuentos dramáticos de su prima Andrea, y por medio del álbum azul que había creado con recuerdos de esta prima, entrábamos a un mundo extraordinario que por lo general no era el nuestro. Convencidas de que Andrea no volvería a compartir su vida con la nuestra, sabíamos que por lo menos la tendríamos al alcance para siempre, gracias al álbum de mi madre.

En aquellos años, nos sentábamos diariamente a ver las imágenes en el álbum, y gozábamos de cada imagen colocada cuidadosamente con cuatro esquinitas negras sobre las páginas color de crema. Mis tías, Griselda y Julieta, también solían contarnos de su prima bailarina, y a través de largas conversaciones, habíamos llegado a comprender que la vida artística de Andrea había empezado hacía muchos años, aún antes de que ella se presentara en el Teatro Zaragoza en San Antonio, donde se estrenaban los espectáculos más llamativos del sur de Tejas.

Al principio, mi madre había guardado todo en una caja de sombreros. Pero al pasar los años, los programas, las fotos, y los recortes de periódico que Andrea le seguía mandando se le fueron amontonando, y decidió ponerle orden a su pequeño tesoro. Con el tiempo se compró un álbum de cuero en dónde fue ordenando los recuerdos a lo largo de quince años.

Los matasellos en los paquetes de Andrea indicaban que se había presentado en San Francisco, Santa Fe, Albuquerque y Tucsón, ciudades que mi madre conocía sólo a través de revistas y del cine. Sin embargo, ella nos describía esos lugares con tanto detalle que muy pronto comencé a imaginarme en aquellas ciudades, repitiendo las aventuras de Andrea. Era fácil revivir su trayectoria ya que detrás de cada programa o recuerdo Andrea había anotado los datos importantes: el lugar donde se había presentado, el nombre de la producción, y el papel que ella había hecho. Juntas, Andrea y mi madre, habían construído un registro magnífico de la historia de la familia. Sin embargo, pasarían mucho años antes de que yo me diera cuenta de lo que verdaderamente habían hecho.

A pesar de la impresión tan vívida que teníamos de Andrea, nosotras las pequeñas no la conocíamos en persona, pues la última vez que había venido a visitar a sus primas, mi hermana Patricia era muy pequeña y Adriana ni había nacido. A mí, la mayor, se me había quedado grabado el recuerdo de su voz, una voz honda y melódica que con el tiempo se fue manifestando en un personaje exótico que se aparecía con frecuencia en el escenario de mi imaginación.

Ahora, increíblemente, ese mismo personaje estaba a punto de visitarnos.

II

Con el calendario en una mano y el álbum de mi madre en la otra, la tía Griselda nos acababa de recordar las fechas de la visita de Andrea. Y así fue cómo me enteré que Andrea estaría con la familia la noche en que yo bailaría mi primer solo en el recital de Violeta Aguilera y sus alumnas. Tanto me agité con esta información que casi dejé de escuchar a Griselda. Sin embargo, por el tono de su voz, entendí que de nuevo había asumido los dos papeles que representaba con frecuencia: el de hermana mayor y el de cronista del álbum. Decidí alejarme de lo que decía Griselda para entrar en mi propio mundo dónde el sonido de las castañuelas y la voz estricta de Violeta Aguilera marcaban los ritmos del pasodoble y de mi corazón.

Pero, por más que quisiera, no podía ignorar por completo la voz de Griselda, que nos contaba de la vida de la familia en San Luis Potosí. "Miren", decía, "aquí tenemos a la familia en el bautismo de Andrea. La foto capta bien las relaciones entre los diferentes miembros de la familia. Miren a mi prima Florencia con la pequeñita Andrea en sus brazos. Con su mirada le está diciendo al mundo que esta criaturita será siempre la niña de sus ojos. Y allí tienen a Julián, quien se dedicó totalmente a Consuelo durante los diez años en que ella fue hija única. Noten que es él quien abraza a Consuelo.

"La foto es de 1910. Unos meses después del bautismo, la familia decidió venirse acá, a la frontera, de modo que Andrea pasó toda su niñez de este lado. Consuelo, al contrario, llegó a los diez años, ya bien formadita. Era una niña muy seria, y todos atribuíamos su solemnidad a que le había costado mucho el ajustarse a la vida de este lado. Pero, como ven en la foto, ya desde muy pequeña mostraba los rasgos de carácter que siempre la han definido".

Ese comentario me hizo olvidar mi música, y fijé la mirada en la cara de Consuelo. El contraste de su cara con la de Andrea en la página contigua no podía ser más grande, pues con sus hoyitos coquetos en la mejilla, Andrea se sonreía generosamente mientras miraba directamente a la cámara.

En la foto, la chiquilla de siete años estaba de pie en frente de la casa de los Anderson en el Fort MacIntosh, una base del ejército americano. Los señores Anderson habían tratado bastante con los residentes del área mientras él cumplía con el servicio militar. Lillian Anderson, como solían hacer varias de las esposas de los militares, se dedicaba a las artes y ella hasta daba lecciones de piano en las escuelas locales. La otra persona en la foto era la Sra. Bristol, conocida por aquí como "la poeta de Connecticut".

La familia de mi madre había tratado con las dos americanas desde el día en que Consuelo había ido a ayudarle a la Sra. Bristol con sus quehaceres domésticos cuando aquélla apenas tenía trece años. La relación entre las americanas y Consuelo se había complicado porque no había sido ella sino Andrea la que les había llamado la atención, y tan pronto como las dos señoras se dieron cuenta de que Andrea tenía aptitudes de bailarina, le buscaron una maestra de baile y terminaron inscribiéndola en las clases de Pepita Montemayor, una bailarina muy conocida en ambos lados de la frontera.

Era obvio por el tono con que Griselda había mencionado a la señora Bristol que no les tenía simpatía ni a ella ni a Lillian Anderson, algo que ya todas en mi familia sabíamos. Por eso, de nuevo dejé de escuchar su narrativa y me dediqué a la música que sólo yo podía oír. Esta vez nos ví a las cuatro—Pepita, Andrea, Violeta y yo—representantes de distintas generaciones dedicadas a la danza. Bailábamos a los ritmos de una sevillana y nuestros trajes ondulaban en el aire mientras el volumen de las ocho castañuelas se hacía más y más fuerte, llenándome de una alegría contagiosa.

De repente, mis hermanas soltaron la risa mientras señalaban una foto en la que Andrea y la tía Julieta aparecían en túnica larga, con un cordón atado a la cintura.

Julieta apuntó a la foto. "¡Miren nomás que encantadoras éramos como pastorcitas! ¿Recuerdan el nombre de la pastorela en la que participamos? ¡'La Aurora del Nuevo Día'! ¿Y se acuerdan que se presentó en la plaza de la Iglesia de San Agustín cuando Andrea y yo teníamos once años? Felizmente Andrea me convenció ser su pareja en el drama ya que nunca más tuve la oportunidad para aparecer en otra obra de teatro".

Volteé a ver la foto a la que se refería Julieta, pero para entonces Griselda estaba señalando otras dos fotos, mientras decía, "Miren a Andrea a los trece años en la Royal Opera House. En la foto a la derecha lleva un traje de aragonesa y en ésta, anda de tehuana. Noten lo que lleva en la cabeza. ¡Una decoración de encaje en forma de un inmenso globo! Cada vez que veo esta foto de Andrea en su traje de tehuana, su cara me hace pensar en un girasol".

"¡Enséñanos la foto de doña Inés! Ésa es mi favorita", rogó la pequeña Adriana.

Mi madre tomó el álbum y lo hojeó hasta llegar a la foto que buscaba. Entonces apuntó a la imagen de Andrea, que llevaba una peluca de rizos recogidos hacia arriba y una falda larga y muy ancha. "¿Te refieres a ésta, Adriana?"

"¡Sí! ¡Ése retrato es mi favorito!"

"A mí también me gusta mucho esta foto", le aseguró mi madre. "Aquí Andrea está en Nueva York haciendo su último papel en 'Don Juan Tenorio', un drama que se estrenó el dos de noviembre de 1940".

Cogí el álbum y dándole vuelta a las páginas paré en mi foto favorita. "¡Esta foto es la que más me gusta a mí! Miren, parece que Andrea hasta nos está mirando. Me gusta como tiene las manos cruzadas detrás del cuello. También fíjense en la boca que tiene, en forma de corazón. ¡Me encantaría ponerme ese vestido con todas esas lentejuelas negras!"

"Hmmm", empezó Griselda, "¿Te gusta como se ve allí? En mi opinión allí tiene una postura demasiado artificial. Andrea nunca fue así en persona. Estoy segura de que hoy no tiene ninguna conexión a esa imagen. Acuérdense, que hace ya quince años que no ha tenido nada que ver con el teatro".

"Tienes razón", le concedió mi madre. "¿Se acuerdan de la foto que Andrea nos mandó el año pasado con sus saludos navideños? Allí se veía muy claro el contraste entre la imagen que nos acaba de señalar Nenita y su manera de ser ahora".

"Yo me acuerdo de la foto", dijo Patricia. "Andrea estaba en frente de su casa en la nieve con un *snowman*".

"Con un muñeco de nieve", le repitió mi madre.

Me quedé viendo a Patricia, atraída por la cara de admiración con la que ella veía a nuestra madre mientras le decía, "¿Cómo pudiste darle tanta atención a este álbum tan grueso? Yo me aburro con este tipo de proyecto en la escuela. ¿No te cansabas de estar guardando recuerdos?"

Mi madre se puso un poco pensativa. Luego le contestó. "Paty, no te puedes imaginar cuánto me encantaba todo este material. Año tras año yo lo recibía con gusto. A veces, cuando estaba tristona, llegaba el cartero con un paquete de Andrea. Nunca sabía cuando me iba a llegar. Tan pronto como lo abría, compartía su contenido con Mamá y con Griselda y Julieta, y nos poníamos a conversar. Nuestra vida era tan diferente a la de Andrea, tan aburrida en comparación con la suya. Era obvio que ella estaba feliz. Su felicidad la veías en la chispa que tenía en los ojos.

"Nos entreteníamos con las fotos, comentando sobre ellas, imaginándonos cómo debería ser su vida. Luego, al paso de unos meses, Andrea venía de visita y, entonces, oíamos *su versión* de lo que había pasado. Les juro que a mí siempre me gustaban más las historias que nos habíamos inventado acerca de ella. Lo nuestro era elaborado, dramático".

Mi madre se dirigió a mis tías. "¿Se acuerdan cuando el cartero nos trajo el primer paquete? A mí nunca se me olvidará. Fue en octubre. Yo acababa de cumplir quince años.

"El año anterior se casaron Consuelo y Tomás y se fueron a vivir a San Antonio donde Tomás había conseguido un buen trabajo con *La Prensa*, como vendedor de anuncios. Después de unos meses, mi tía Florencia y Andrea decidieron irse a vivir con ellos. Andrea apenas tenía quince años, pero ya para entonces aquí se esperaba mucho de ella. En los recitales de Pepita Montemayor, Andrea casi siempre era la bailarina principal. Pepita la había nombrado su asistente y hasta la había mandado a estudiar en una academia de danza en Monterrey. Cuando Andrea le avisó que se iba a San Antonio, Pepita se desilusionó mucho y le previno a Andrea sobre no tener contactos en San Antonio pero Andrea estaba segura de que a pesar de todo allí le iría bien.

"En San Antonio se encontró un trabajo que le permitió seguir en la escuela. Como acomodadora en el Teatro Zaragoza, poco a poco se fue enterando de las compañías de baile que se presentaban allí. Era la época en que el Zaragoza estaba en su gloria".

Mi madre hizo una pausa, y Julieta siguió con la historia que tanto nos agradaba. "En el Teatro Zaragoza, Andrea descubrió todo un mundo nuevo. La primera obra que vio allí fue 'Los Amores de Ramona', y le fascinó tanto que decidió dedicarse totalmente al teatro. Sus propios inicios fueron en las zarzuelas y sainetas del teatro popular español. Un día leyó en *La Prensa* que la zarzuela 'La Señora Capitana' se iba a estrenar en el Majestic. Andrea se presentó como candidata para corista y en seguida fue selecionada. De allí en adelante, le fue muy bien en el teatro".

"Julieta, lo que dices es cierto", interrupió Griselda, "pero no se olviden de que Andrea actuó completamente contra los deseos de su hermana. Consuelo solía decirle, 'No te metas más en ese mundo'. Pero al fin y al cabo, Andrea se salió con la suya".

Mi madre ignoró el comentario de Griselda, quien siempre tomaba el lado de Consuelo, y siguió con la historia de Andrea. "Con sus ahorros, ella comenzó a tomar lecciones de canto y para el año 1927 comenzó a aparecer también en las operetas. Estoy casi segura de que tuvo un papel en 'La viuda alegre' aunque no tengo ninguna foto de ella en ese espectáculo. Por lo general, Andrea aparecía en el Teatro Hidalgo y en el Teatro Zendejas en dramas escritos por dramaturgos españoles y a veces, por dramaturgos tejanos".

"Si le iba tan bien allí, ¿por qué se fue de San Antonio?", preguntó Patricia.

"Bueno, Paty, la vida se le complicó. Para 1930 las cosas se comenzaron a poner muy duras para los que hacían teatro en San Antonio, igual que para todos. Por eso fue que Andrea y algunas de sus amigas decidieron irse a California, pues se había corrido la voz de que las consecuencias de la Depresión no eran tan negativas en Los Ángeles, y rumbo a California, actuó en teatros en Tucsón y en Santa Fe. Luego se quedó en Los Ángeles por una temporada. Pero ya para el '36, volvió con una compañía de repertorio a Tejas, donde se fue presentando en papeles principales en las ciudades fronterizas: Brownsville, Matamoros, Río Grande, Laredo, El Paso, y Ciudad Juárez. También estuvo en Monterrey y Saltillo y con el tiempo hasta llegó a Nueva York donde encontró a los exiliados españoles muy conmovidos con la obra de un joven compatriota, Federico García Lorca, aunque no creo que Andrea haya aparecido en ninguna de sus obras.

"Ya para entonces, Andrea era novia de Tony Carducci. Se casaron en 1941 y se fueron a vivir en Saint Louis, donde estaban los padres de Tony. Desde entonces, Andrea se despidió del teatro para siempre.

"Tocó que dos años antes de que Andrea se casara, Tomás, el esposo de Consuelo, murió en un accidente automovilístico, y por cuatro años Consuelo y mi tía Florencia se quedaron solas. Luego las dos se fueron a Saint Louis a vivir con Andrea y Tony y, desde entonces, mis primas han estado juntas. Sin embargo, Andrea me ha contado que Consuelo jamás le ha hecho ni una pregunta acerca de los quince años que pasó en el teatro. Consuelo siempre hizo como si esa época en la vida de Andrea no tuviera ninguna importancia".

"Bueno, Consuelo siempre ha sido muy terca", concluyó Julieta. "Aquí estábamos nosotras, las tres primas, interesadísimas en todo lo que tenía que ver con Andrea. Y allá estaba su hermana, haciéndose como que si todos esos logros no hubieran ocurrido. ¿Y por qué? Sencillamente, porque a ella no le parecía bien que su hermana se ganara la vida como actriz".

"Andrea jamás debería de haber dejado el teatro", salté yo repentinamente.

La firmeza de mi reacción era inesperada.

"Andrea ha estado muy satisfecha con su decisión, y nunca ha mirado hacia atrás", aseguró mi madre. "Explicaba su decisión con un dicho, 'La rosa más bella dura poco'. Estoy convencida de que Andrea estuvo muy contenta durante los años que se dedicó al teatro. Pero, también entiendo que después de quince años de aventuras, ella quería una vida más estable, algo que jamás había tenido. Me explicó su decisión con uno de sus dichos: 'No se puede repicar y andar en la procesión'".

"Pues, estoy segurísima de que si yo hubiera sido Andrea, yo nunca, nunca habría dejado el teatro. Y mucho menos el baile", insistí.

"Pues, Nenita, ya sabes lo que dice otro dicho 'Cada quien cuenta de la feria según lo que ve en ella'".

No quería tener un desacuerdo con Griselda, y haciéndome la despistada, comencé a buscar la foto en la que Andrea estaba vestida de tehuana. Hojeé las páginas del álbum hasta llegar al año 1923 y al instante, comencé a oír la voz de Andrea que yo conocía. Mientras la melodía de "Zandunga" sonaba muy bajito en el fondo, su voz me invitaba a compartir el escenario con ella, y lentamente, comenzamos a bailar al ritmo suave de la canción. Después de unos pasos, me di cuenta de que Andrea se movía con muchísima más gracia que yo, y despacito, despacito, fui abandonando el escenario para que la joven de trece años con su tocado de encajes blancos pudiera tomar el centro del escenario sola, y ella con toda confianza entró a las candilejas.

Puse la mano sobre el libro, preguntándome cómo me sentiría al enfrentarme con esta figura de cien caras cuyos días en el sol mi madre había documentado con tanto cuidado. Al cerrar los ojos, me di cuenta de que las candilejas se iban oscureciendo, y que sin prestar atención al cambio de luz, Andrea seguía deslizándose graciosamente, bailando a la canción que sonaría dentro de mí por mucho tiempo.

III

Habíamos marcado el día en que anticipábamos la llegada
de la prima—el 10 de julio—en rojo en nuestros calendarios.
Para nuestra sorpresa pocos días antes de su llegada, la tía
Julieta nos dió la buena noticia de que Andrea no venía sola,
pues, felizmente, Consuelo venía acompañándola. Según Julieta, las dos hermanas no habían venido juntas desde que murió
su madre, cuando vinieron a enterrarla al lado de mi abuela, su
única hermana.

Para marcar el cambio de tono que tenía esta visita, mi tío
Memo—el esposo de Julieta—había comprado artículos de
jarana para todos en la familia. En la estación de trenes del Mis-
souri Pacific, cuando apenas se escuchaba el tren a la distancia,
Memo se puso a distribuir serpentinas y pitillos de hojalata
entre todos en nuestro grupo.

Tan distraída estaba con nuestros regalitos que ni cuenta
me di de la rapidez con que venía el tren, y en un dos por tres,
llegó a la estación.

Uno tras otro se desembarcaron los pasajeros, entre ellos
una mujer delgada de pelo corto y rizado. "Aquí vienen",
susurró Griselda al ver a esta mujer en su camisero blanco.

En eso, otra figura apareció en la puerta del coche dormito-
rio. Al instante, Memo dio la señal que esperábamos y todos en
nuestra delegación comenzamos a pitar y a echar serpentinas
por el aire. Las tiritas de papel se enrollaron en el pelo gris de la
segunda mujer, luego se escurrieron sobre la tela oscura de su
vestido mientras los colores de las serpentinas resaltaban también contra el vestido blanco de la primera mujer, quien instintivamente se las había arreglado como una bufanda en el cuello.

"¡Bienvenidas! ¡Bienvenidas!", gritábamos en una voz.

Entre el tumulto, nosotras las chiquillas esperábamos que
llegara nuestro turno para ser presentadas a las primas. En la

cola, yo estudiaba a la persona vestida de blanco y por más que buscaba alguna señal de lo que para mí significaba la figura en el álbum de mi madre, no la encontraba en la mujer que tenía en frente de mí.

Para cuando mi madre nos presentó, me sentía muy incómoda con esta prima desconocida y al darme Andrea un abrazo, casi se lo rechacé. Al contrario, en la cara madura de Consuelo reconocía la mirada de la joven que había mirado directamente a la cámara, y me sentía cómoda. Aliviada de que sería Consuelo la que iría en el carro con nosotros a casa, le di la mano y me sonreí por dentro.

Pero al llegar a casa, la presencia de Andrea siguió desconcertándome, y en lugar de participar en la fiesta, me hice a un lado para observar la escena que tenía frente a mis ojos. Era obvio que a Andrea le gustaba atraer la atención del grupo y hablaba libremente.

"Se me había olvidado lo cómodo que es viajar por tren. Durante mis días de gira casi siempre viajaba por tren, y tan pronto como salimos de la estación en Saint Louis, comencé a recordar esos otros viajes ferroviarios en los que no había pensado en tanto tiempo".

Aunque su espontaneidad era contagiosa, yo no le podía corresponder y pronto me di cuenta de que Consuelo no había dicho nada tampoco hasta que la tía Griselda le preguntó acerca de sus impresiones.

"Así como lo describe Andrea, así fue el viaje", contestó Consuelo, haciendo el papel que sin duda se había asignado a sí misma por toda la vida. Me quedé viendo su figura frágil; luego, poco a poco me fui moviendo hasta llegar a su lado. Ella me dio palmaditas en la espalda y luego puso su brazo sobre mi hombro.

"Hijita, cuéntame de ti", me dijo en voz baja.

Le contesté en el mismo tono. "Voy a tener diez años y en septiembre empiezo el quinto grado. Pero lo que más me preocupa al momento es el recital que tengo la semana que viene. Voy a bailar dos números sola y en otros tres números, soy una de las bailarinas principales".

Consuelo se hizo un poco hacia atrás. Luego me preguntó, "¿Qué tipo de baile haces?"

"Uno de mis bailes es 'La Boda de Luis Alonso'. Con Cristina Ruiz y Becky Barrios bailaré dos números, 'Tilingo Lindo' y 'Zandunga'. Pero mi favorito es mi otro solo. Es una sevillana, y para ese número me voy a vestir de flamenco. Mi vestido es blanco con bolitas rojas y con olanes y una cola. No te puedes imaginar cómo me encanta ese traje".

Por un instante, Consuelo miró hacia la distancia; después me fijó con sus ojos oscuros. "El baile parece que te hace bien por el momento, pero es muy posible que la vida de bailarina no te traiga provecho en el futuro. ¡Creémelo!"

"Es lo que mis maestras en la escuela me dicen todo el tiempo. Piensan que gasto mucho tiempo en la práctica. Pero a mí me gusta bailar todos los días. No sé que haría si tuviera que dejar el baile".

En eso, la tía Julieta nos interrumpió. "Por ahora vamos a terminar con esta reunión. Memo y yo nos vamos a llevar a Consuelo con nosotros y Andrea se va a quedar con ustedes. Pero después de unos días, cambiaremos de huéspedes".

Me dio pena dejar la conversación con Consuelo; a la vez, pensé que le debería ayudar a mi madre a entretener a Andrea y tan pronto como se fueron los demás, las tres nos fuimos al comedor. Sin decir nada, fui por el álbum y lo puse sobre la mesa. Con entusiasmo, Andrea lo reconoció.

"¿No me digas que éstas son las fotografías que le mandé a tu mami cuando andaba de giras teatrales? ¡Qué emoción! ¿Sabes? No tengo ninguna de estas fotos".

Andrea se sonreía al hojear las páginas. "A los padres de Tony les daría un ataque al corazón si las vieran. Igual que Consuelo, ellos nunca aprobaron mi vida en el teatro y hasta ahora no he podido averiguar qué fue exactamente lo que a ellos les molestaba. Por mi cuenta, he concluido que no les agradaba la idea de que alguien se sintiera cómoda en frente de un público. Para ellos, eso es exhibicionismo. Pero tienes que tener en cuenta que no sé si su queja venía de esto porque jamás han querido discutir el caso conmigo".

Al oírla reír por primera vez sentí que estaba en la presencia de la Andrea que yo conocía. Animándome con su risa, le pregunté, "Andrea, ¿no te da lástima haber dejado el teatro?"

"¿Podrás creer que nunca pienso en eso?", me respondió. "Yo sentía que el teatro era mi vocación y verdaderamente lo gocé, pero una vez que dejé todo eso para casarme con Tony, me empeñé en que nunca iba a dudar de mi decisión".

Ella siguió mirando las fotografías mientras charlaba. "Cuando primero conocí a Tony en Nueva York, él era muy guapo y muy seguro de que le iba a ir bien en la vida. Me gustaron esas dos cualidades en él. Siempre fue tan extrovertido como yo, y la pasábamos muy bien juntos. Sin embargo, cuando primero nos conocimos, pensábamos que casi no teníamos nada en común, pero poco a poco nos fuimos dando cuenta de que compartíamos más de lo que primero habíamos imaginado. Tony nació en el sur de Italia y vino a este país cuando tenía nueve años. Así es que aunque los dos nacimos en diferentes países, aquí fue en donde crecimos. La primera lengua de ambos era bastante similar. Yo le hablaba en español y él me contestaba en italiano, y por lo general nos podíamos entender bien. Veníamos ambos de familias católicas y muy tradicionales. Como casi todo inmigrante, teníamos poco dinero pero nos sentíamos ricos por el amor que nos daban nuestras familias.

"Sus padres y yo nos llevamos muy bien ahora a pesar de sus quejas de antaño. Como Consuelo siempre fue muy estricta acerca de cómo nos debíamos comportar como familia, esto me ayudó a adaptarme a la formalidad de los Carducci. Pero, fíjate, Nenita, a la vez es interesante ver como ella se lleva muchísimo mejor que yo con ellos. Aún los hermanos menores de Tony la ven como una tía-abuela".

"¿Cómo es Consuelo?", le pregunté. "En las fotos siempre se ve tan triste".

"Pues, mira, en realidad es la persona más seria que yo conozco. Pero no creo que en el fondo ella sea triste. Ha tenido una vida dura. Por consecuencia ha aprendido a mantener mucho dominio sobre sí misma. Como personas, ella y yo tenemos tan poco en común. Me imagino que ella ha pensado en esto tanto como yo lo he pensado. ¿No ves? A mí me trajeron aquí cuando era una mococita, y mientras fui creciendo siempre vivía en el presente. Consuelo, al contrario, vino más grandecita y para entonces había formado relaciones fuertes con los abuelos y con los otros parientes en San Luis Potosí. Ya desde niña, ella tendía a vivir en sus recuerdos, y claro que yo no podía compartirlos con ella. A pesar de que han pasado tantos años, ella todavía cuenta de cómo fue desarraigada. Con frecuencia se pasa horas entreteniendo a los niños Carducci con historias de su niñez en México. Yo nunca tuve esa experiencia que para ella sigue siendo tan significante. Tampoco vivo en el pasado como ella. Al contrario, siempre he tratado de comprometerme con el presente".

Antes de seguir compartiendo sus recuerdos, Andrea dejó de hablar por unos segundos, midiendo lo que iba a decir. Luego, continuó. "Cuando éramos jóvenes, Consuelo solía comparar todas sus experiencias con la manera en que se hacían las cosas en su ciudad natal. Su ciudad de piedra, decía ella. Poco después de que murió Tomás, hasta volvió a San Luis Potosí con la intención de quedarse a vivir allí. Por fortuna, tuvieron un buen matrimonio pero por otra parte cuando Tomás murió en un accidente, ella se deprimió demasiado. Fue entonces que decidió volver a San Luis Potosí, y ella y mamá se fueron juntas a su antigua casa. Pero para entonces nuestros abuelos habían muerto y lo que se encontraron allá ya no correspondía a la vida que recordaban, así que no duraron ni un año allá.

"Cuando mamá tuvo su ataque al corazón siete años más tarde, Consuelo estaba desconsolada, pues ahora sí que no tenía a nadie con quien compartir sus memorias. Como yo no le podía dar ningún consuelo, se fue apegando más y más a los Carducci. Ahora ellos son su familia y hasta ha aprendido a hablar italiano mejor que yo. Todos la quieren mucho, especialmente mis hijitos, Antonietta y Franco".

Mientras Andrea y yo conversábamos, mi madre preparaba la cena y nos escuchaba. Pero de repente, se vino a sentar con nosotras, para conversar con su prima. "Andrea, ¿te das cuenta de que no has mencionado nada acerca de la muerte de tu papá? Para Consuelo, su muerte fue algo que le definió la vida. Tú solamente tenías tres años cuando él murió. Eras muy pequeña para que su muerte te afectara en una manera profunda. Pero para entonces, Consuelo ya tenía trece años. Siempre había estado mucho más apegada a él que a tu mamá, y la muerte de tu papá fue algo insoportable para ella. Por meses después de que él murió, Consuelo despertaba por la noche, angustiada. A veces hasta daba gritos.

"La condición económica de nuestra familia se había puesto bastante mal después de que mi papá murió durante la Revolución. Luego cuando tu papá murió sólo tres años después de que llegamos aquí, Consuelo y Griselda se vieron forzadas a buscar trabajo. En realidad, eran niñas todavía, y Consuelo estaba en mala condición emocionalmente. Gracias a Dios, tuvieron suerte ya que las americanas de la Fort MacIntosh las trataban como parientes aunque en realidad ese tipo de relación por lo general no funciona y por más que uno no lo quiera, se van transmitiendo ciertos mensajes sutiles. Quizás fue por eso que Consuelo siempre mantuvo una distancia de los Bristol.

"Esa familia tenía una relación muy diferente contigo. ¿Te

acuerdas? Desde el momento en que te conocieron, les caíste muy bien. A Consuelo le regalaban ropa usada. A ti te compraban trajes nuevos y hasta te mandaron a las clases de baile. Como eras muy pequeña, no podías darte cuenta de lo que estaba pasando. Al contrario, Consuelo sí se quejaba. Decía que te trataban como si fueras una muñeca. Creo que de allí salió su desacuerdo contigo. Podrías decir que te tenía celos pero yo creo que la situación era mucho más complicada que lo que implican los celos".

Mi madre hizo una pausa. Luego miró a Andrea cara a cara. "Las señoras Bristol y Anderson te mimaban mucho y era obvio que tú también las querías. Hay que darles crédito pues en realidad sí te ayudaron. Aún cuando el ejército los mandó a otra base, los Bristol y los Anderson siguieron pagando tus clases y tus trajes. Todo eso fue muy difícil para Consuelo. A ti, todo el mundo siempre te consentía. Consuelo, al contrario, se sentía ignorada".

Por primera vez, Andrea se quedó quieta. Finalmente respiró profundamente y se dirigió a mi madre. "Tienes razón, Clarita. Pobre Consuelo. Tiendo a olvidarme de que nuestra vida ha sido tan diferente. Lo más sorprendente de todo es que, excepto por los doce años cuando yo andaba en gira profesional, siempre hemos vivido juntas. Primero, crecimos juntas aquí y luego en San Antonio. Y en los últimos años hemos compartido techo en Saint Louis. Es claro que la diferencia se encuentra en la vida temprana de Consuelo, en su vida antes de que yo naciera. Realmente, nos formamos en diferente países y, por supuesto, en diferentes culturas. Qué extraño, ¿no?"

"Así es", asertó mi madre. "Son las cosas de la vida".

Por unos segundos nadie dijo nada. Finalmente, fue mi madre la que rompió el silencio. "¿Por qué no sigues viendo tu libro? Para nosotras es uno de nuestros pasatiempos favoritos. Lo hojeamos y lo comentamos muchísimo".

"No, no", interpuse. "Tengo algo que enseñarte primero.

Espera un minutito". Y me fui corriendo a mi cuarto.

Pronto entré de nuevo, vestida de tehuana.

"¡Qué linda!" Andrea aplaudió, riéndose de gusto. "¿Y ese tocado? Es bien moderno comparado con el que yo usaba a tu edad. El mío era más elaborado y sería por eso que me daba lata. Era muy difícil mantenerlo limpio y casi imposible de planchar".

"¡Ay, no! Yo quería que mi traje fuera exactamente como el tuyo".

"Ay, ¿qué importa?", me contestó. "Acuérdate, en el baile lo importante no es el traje, sino el movimiento de los brazos, el control del torso, la flexibilidad de las piernas. Eso es lo que cuenta en el baile como en la vida. Ya ves, es muy importante que uno se pueda adaptar a sus circunstancias. Imagínate, si por desgracia se te rompe el cierre. ¿Qué haces entonces? ¿O si se te extravían los zapatos unos minutos antes de tu entrada al escenario? Inmediatamente tienes que adaptarte a la situación. Como te adaptes es lo que hace la diferencia. Acuérdate, 'el hábito no hace al monje'".

Andrea se quedó mirándome con una sonrisa en la cara. "Nenita, lo que llevas puesto es perfecto. Pero, dejemos estas cosas y cuéntame todos los detalles acerca del programa en que vas a participar".

"Bueno, para empezar, el recital es el miércoles. Pero, como en unos minutos me tengo que ir al ensayo, me encantaría que me contaras lo que tú recuerdas acerca de estas fotos".

"¡Ah, lo que yo recuerdo! Quieres decir lo que me convenga recordar". Al decir esto, le cambió la expresión a Andrea, y por fin reconocí la cara que tanto había admirado en las fotos. "Hace tanto tiempo que no he visto todo esto. Tú, al contrario, estás intrigadísima con estos recuerdos. Me imagino que no te va a gustar si te digo que siempre le he guardado una distancia a todo esto. Tal vez fue por eso que le mandé este material a Clarita".

"Mami se refiere a este álbum como su libro de memorias, y yo recuerdo toditito lo que ella me ha contado acerca de ti. Pero ahora tú misma me puedes contar lo que yo no sé todavía".

"No te hagas ilusiones. Me parece que tú conoces mejor que yo a la Andrea que he sido".

Era obvio que Andrea no quería hablar de las experiencias que tanto habían conmovido mi imaginación. Desilusionada, cerré el álbum, diciendo que tenía que alistarme para mi ensayo.

"Con tu permiso, me voy a llevar el álbum a mi cuarto", le dije.

Mientras caminaba por el pasillo, me di cuenta de que lo que Andrea pensaba de su vida de bailarina en realidad no importaba, pues las imágenes en el álbum no se podían ni negar ni borrar. Me paré por un segundo; luego, me sonreí al ver que el pasado de Andrea me estaba llamando. Lo veía por todos lados, en el suelo, en las paredes, en el techo. Una tras otra, las imágenes que yo conocía tan bien resaltaban por todas partes: la niña de la pastorela, la bailarina joven en el coro, la actriz madura en los dramas de Lope de Vega y de Tirso de Molina. Mami tenía razón, me dije a mi misma.

Mi madre siempre había dicho que este álbum había adquirido una vida propia. Con una paciencia increíble, ella había podido terminar su libro en el transcurso de muchos años, y ahora ese álbum siempre sería más que una colección de imágenes inánimes, más que un documento de la carrera de Andrea. Mami siempre nos había dicho que el álbum era un repositorio de nuestros sueños y nuestras aspiraciones, del pasado como fue y del pasado como habríamos querido que fuera.

Puse el álbum en el estante donde siempre lo guardaba, y, dando saltitos, me fui a mi clase.

IV

El día de mi recital Consuelo vino a quedarse con nosotros, y al encontrarnos ella y yo solas, sacó de su bolsa un regalo. "Te traje un recuerdo en tu día especial", me dijo al pasarme una cajita. La abrí inmediatamente, y me encontré con una cadenita de oro. Al extenderla, descubrí que traía ensartada una medallita de la Virgen de Guadalupe y mientras Consuelo me abrochaba la cadenita fui yo la que inició nuestra conversación.

"Andrea me dijo que tú hablas italiano muy bien".

"Sí. *Mi piace molto parlare con tutta la famiglia di Tony.* Tengo la impresión de que casi estoy hablando español. Los Carducci han sido muy buenos conmigo y pensé que lo menos que podía hacer para ellos era aprender su idioma. Los padres de Tony me recuerdan mucho a mis parientes en San Luis Potosí. Grazia, su hermana, es mi amiga más querida. *Mia cara amica. Uno di questi giorni andrò in Italia con lei. Capisce?* ¿Entendiste lo que dije?"

"Dijiste que ibas a ir a Italia. Con alguien, creo".

"Con *la sorella di Tony*. Con Grazia, la hermana de Tony. También me gustaría que ella viniera conmigo a visitar San Luis Potosí".

"¿Cómo es San Luis Potosí. Siempre decimos que algún día vamos a ir para allá, pero todavía no se nos ha cumplido ese viaje".

"Es un lugar tranquilo. Cuando era chiquita yo estuve muy contenta allí con mis abuelos y mis primos. Luego, nosotros nos vinimos para acá a causa de la revolución, pero el resto de la familia decidió quedarse allá. Al principio los echaba muchísimo de menos pero con el tiempo me fui adaptando a la vida aquí. Sin embargo, cuando murió Tomás, después de muchos años de estar en Tejas, yo regresé con mamá a San Luis Potosí. Pero, para entonces Papá Enrique y Mamá Hortensia ya habían muerto, y mis primas y yo ya no éramos las mismas de antes. Fue en ese momento que me di cuenta de que ya no tenía familia, ni aquí ni allá. Por eso, me regresé de nuevo, esta vez a Saint Louis, a vivir con Andrea y Tony. Decidí, entonces, involucrarme más con los Carducci y sus actividades. Hasta me hice miembro de Gli Figli d'Italia, y a través de la iglesia participo bastante en la feria de San Giuseppe. Los Carducci ahora son mi familia. Ya casi ni pienso en San Luis Potosí aunque sí la recuerdo como una ciudad muy bella, de muchas iglesias y de muchas fiestas religiosas. Siempre tendrá un lugar muy especial en mi corazón".

"Dime, Consuelo, ¿es Andrea parte de la comunidad italiana así como lo eres tú?"

"No, no, no. No tiene por qué serlo. Ella tiene muchas amigas por toda la ciudad y siempre anda por aquí o por allá con alguna de ellas".

"¡Qué diferentes son las dos! Cuando yo miro las fotos de ustedes, noto que Andrea siempre se ve muy alegre y que tú, al contrario, te ves muy seria".

Clavé la vista en Consuelo, y por unos segundos ni una ni otra dijo nada. Luego, inesperadamente, se me salió la pregunta cuya respuesta me moría por saber. "Todos dicen que a ti no te gustaba que Andrea estuviera en el teatro. ¿De veras pensabas esto?"

Involuntariamente Consuelo frunció las cejas. Se puso muy quieta y después de un instante, movió la cabeza. "Nadie me ha hecho esa pregunta así tan directamente aunque siempre he sabido que todos me la han querido hacer. Todos pensaban que yo me oponía a que Andrea anduviera de teatrista pero en realidad ése nunca fue el problema fundamental.

"No me lo vas a creer, pero yo amo el teatro. Cuando era muy pequeñita, Papá me llevaba al D.F. en el tren. Allí frecuentábamos el teatro popular, la ópera, el teatro de variedades. Íbamos a todo tipo de teatro aunque unos meses antes de venirnos acá, por la inestabilidad social dejamos de hacer ese tipo de actividad. Pero para entonces había llegado a asociar las luces de la ciudad con el teatro, y esa imagen se me ha quedado en la cabeza hasta hoy día. Cuando llegamos aquí, las noches me parecían tan oscuras. Eran todo lo contrario a lo que yo había conocido en México, y pronto llegué a la conclusión de que aquí nunca más me iba a encontrar con aquellas luces urbanas que tan bellamente habían iluminado mi vida de niña. Además, en la condición económica en que nos hallábamos en esos días no teníamos el lujo de comprarnos boletos para ningún espectáculo aunque ya después de la guerra, las cosas fueron cambiando poco a poco. Fíjate, en 1921, Tomás y yo hasta fuimos a oír a Enrico Carruso en la Royal Opera House cuando él pasó por aquí rumbo a México. Fue una ocasión que nunca voy a olvidar. Más adelante, en Saint Louis, solía ir al teatro, a las obras musicales. En realidad jamás he tenido nada contra el teatro en sí mismo. Mis reservaciones tocante a Andrea tenían que ver con Andrea misma".

Consuelo miró hacia la distancia por un momento; luego me tocó ligeramente en el hombro. "Nenita, debes saber que Andrea y yo nos hemos llevado muy bien desde que ella y Tony me invitaron a vivir en casa con ellos. Cada quien sabe de lo que se puede hablar, y sabemos qué temas no debemos tocar. Así es que quiero que quede muy en claro que lo que te voy a decir no tiene ninguna relación con la manera en que nos tratamos ahora".

Consuelo suspiró profundamente, luego midió sus palabras. "De niña, Andrea vivía en un mundo especial. Todos la mimaban, y ella pronto llegó a esperar atención de cada persona con quien se tropezaba. Yo creo que Mamá se sentía un poco culpable de que Andrea era huérfana de padre. Tenía pena de que Andrea no pudo tratar a papá como yo lo había tratado. Sus maestras también la miraban como algo especial por lo chulita que era. Pero luego aquella mujer para quien yo trabajaba, la señora Ernestine Bristol, la fue arruinando. Aquella señora nunca trató a Andrea como niña de carne y hueso. A mi modo de ver, ella la trataba como una muñeca que hacía sus monadas. Inclínate hacia acá, date la vuelta a la derecha, muéstranos un buen zapateado. A Andrea le encantaba presentarse ante el público y ella hacía todo lo que le pedían. Claro que esto la fue haciendo más atractiva a todos".

"¿Pero no era Andrea sólo una niñita de cinco años cuando apenas empezó sus clases de baile?"

"Sí, eso es cierto. Yo sabía que no era su culpa de que otra gente se aprovechara de su deseo de quedar bien. También yo entendía que toda esa atención le daba la confianza para ir mejorándose más y más en todo lo que hacía. Sin embargo, esas experiencias la fueron alejando de nuestra realidad. Como ya te conté, en esos días éramos muy pobres, y Andrea casi nunca se conectaba con nuestras circunstancias. Siempre alguien se encargaba de todo lo que ella necesitaba. Además, ella presumía que se lo merecía. Cuando se fue a San Antonio a vivir con Tomás y conmigo, estaba obsesionada con lo suyo y nunca contribuyó a los gastos de la casa. Lo que ganaba se lo gastaba en clases de solfeo y en ropa. Su afición requería una vida social muy activa, tal como era la vida de otras jóvenes con aspiraciones similares. Pronto aprendí a no esperar nada de ella, pero eso no quiere decir que no me lastimara su modo de ser.

"Lo que más me molestaba era la manera en que ignoraba a mamá. Sin más ni más, Andrea se fue a Nuevo México, a Los Ángeles, a dónde le daba la gana. Pasaban meses sin que nosotras tuviéramos noticias de ella. Creo que mantenía más contacto con tu mamá que con nosotras. Clarita ponía todo su corazón en los triunfos de Andrea y eso hacía que mi hermana se sintiera importante. Yo creo que por eso le mandaba noticias a Clarita constantemente.

"En esos días había muchas otras cosas que me molestaban, pero no ganaba nada discutiéndolas con ella porque parecía que no le importaba lo que nos pasaba a nosotras.

Cuando murió Tomás dejó de trabajar por unos días para venir al entierro, pero luego no se quedó conmigo durante el período más triste de mi vida. Se disculpó diciéndome que tenía compromisos en Nueva York. Que me dijera tales cosas era para mí muy difícil después de todo lo que yo había hecho por ella. Además de todo esto, durante esa época, estaba convencida de que Andrea le decía a todos que yo me molestaba porque a ella le iba bien en el teatro. ¿Qué podía hacer yo? Nada. Nada, nada. Por eso fui desilusionándome más y más de ella".

"¿Piensas que, en su lugar, tú habrías actuado de otra forma?"

"Eso sí que no te puedo contestar. Lo único que sé es que yo jamás me hubiera involucrado en el teatro".

"Consuelo, Mami nos ha dicho que si alguien está haciendo algo que nos molesta, que debemos hablar de la situación para poder hacerla mejor. Tengo la impresión de que tú y Andrea nunca hablaron de esto, ¿verdad?"

"Pero, Nenita, ¿qué le podría haber dicho yo a Andrea? Ella me decía que tenía obligaciones y era obvio que eso era cierto. Una vez tuvimos un disgusto acerca de su falta de interés en la familia. Ella insistió en que nos tenía informadas de lo que pasaba en su vida. Se acercó al cajón donde sabía que yo guardaba las pocas cartas que teníamos de ella. Las sacó y me las mostró como evidencia de que sí se había comunicado con nosotras. Me dio tanta rabia que agarré las cartas y las hice pedazos. Naturalmente ella también se puso furiosa. Tomó los pedazos de papel y los siguió rompiendo más y más. Luego recogió el montón de papelitos y los dejó ir por el retrete. Pero desde entonces no nos hemos dicho ni una palabra acerca de todo lo que pasó en aquellos años".

"Mira, hay algo que todavía no entiendo. El otro día me diste la impresión de que tú no querías que yo fuera bailarina. Pero, hoy, el día de mi recital me has regalado esta medallita tan preciosa. Es una bendición, ¿verdad?"

Por primera vez Consuelo se sonrió. "Tienes razón en cuanto a la medalla. Pero has llegado a conclusiones equivocadas en cuanto a lo otro. Yo no tengo derecho a ninguna opinión sobre lo que tú hagas. Sólo tú sabes si el baile va a ser tu vocación para siempre".

"Ay, Consuelo, me gusta tanto el baile que me paso la vida practicando los pasos que me ha enseñado Violeta Aguilera. Pero, también me gusta estudiar en la escuela, aunque creo que me importan más las horas que paso bailando".

"Pues, tendrás que hacer lo que más te guste. Esta noche te voy a aplaudir muy fuerte. ¿Quién sabe? Quizás algún día puedas venir a Saint Louis a bailar".

"A lo mejor voy a verte poco antes de que te vayas a Italia. Entonces me tendrás que llevar contigo".

"*D'accordo.* ¿Ves cómo tendremos que mantenernos en contacto?"

Para cerrar el tratado, Consuelo se acercó a mí. El instante en que me abrazó, sentí que la había conocido toda mi vida. Inmediatamente, me imaginé que las dos andábamos de gira en Roma, acompañadas por la hermana de Tony Carducci. Por dondequiera que íbamos, la cuñada Carducci traía una cámara que le tapaba la cara y cuando yo me ponía a bailar mis piezas favoritas, ella comenzaba a apretar el botón de la cámara sin parar, tomándonos fotos a Consuelo y a mí. A la distancia una figura pequeñita, quien yo suponía era Andrea, pegaba las fotos en un hermoso álbum de plata.

En ese instante, mi fantasía desapareció porque mi madre anunció que la comida ya estaba lista. "Después de que comas", me dijo, "vas a tomar una siesta. Necesitas estar bien descansada para esta noche. Queremos que te vaya de lo mejor en tu recital".

"A que no sabes, Mami", le bromeé, "Consuelo me ha conseguido recitales en todos los teatros de la ópera en Italia, y mientras orquestas enteras nos toquen 'Malagueña', vamos a bailar frente a un público que nos va a adorar".

"¡Fíjate nomás!", se rió mi madre. "Voy a tener que acompañarlas. Así podré juntar mucho material para mi segundo libro de memorias. Sabes sobre quién va a ser ¿verdad?"

V

Esa noche, después de la última llamada a escena, recibí varias cajas de chocolates y cantidades de flores. Por un instante, las felicitaciones me convencieron de que mi madre sí tendría suficiente material para su segundo álbum. Contentísima, iba hacia el vestuario con las rosas que Consuelo me había obsequiado cuando Andrea apareció de repente en frente de mí con su cámara. "He sacado dos rollos de fotos", me dijo, "Ahora sólo me queda una foto. Ésta la quiero sacar desde muy cerca. A ver, pon las flores en el suelo. Haz como que estás bailando. Así, así, ponte en pose".

Automáticamente, me puse a bailar unos pasos de "La boda de Luis Alonso" y a tocar las castañuelas. Al momento en que subí los brazos para cruzar las muñecas sobre la cabeza, me di cuenta de que Consuelo era parte del grupo que venía a felicitarme. Viendo que las lágrimas se le escurrían por las mejillas, sentí una profunda conexión con ella y dejé de sonreírme. Un tremendo cansancio me invadió el cuerpo y antes de poder tranquilizarme de la inesperada confusión, miré directamente a la cámara.

Fue en ese instante que Andrea tomó la foto.

VI

Nunca vi la foto, aunque sí me puedo imaginar cómo me veía en ella. Tampoco fue esa foto lo único que se trasladó al reino de la imaginación. Los años pasaron y no volví a ver de nuevo a Andrea ni a Consuelo. La vida tampoco resultó ser tan predecible como aparentaba serlo durante aquellas horas superabundantes frente al álbum azul de mi madre. A pesar de mis grandes deseos de seguir en el camino que me había abierto Andrea, esa meta fue una de las que no llegué a lograr. Tocó que Consuelo tampoco llegó a Roma, como tanto había aspirado hacer, aunque Andrea y Tony sí hicieron ese viaje, no sólo una vez, sino tres ó cuatro veces.

Al pasar los años, traté de mantener correspondencia con Andrea y Consuelo, y casi siempre era Consuelo la que me contestaba, aunque muy esporádicamente. Durante los cinco años después de que nos visitaron, yo las mantuve informadas de mis recitales. Les mandaba programas y fotos, e indicaba por detrás de cada artículo, las fechas y los lugares en dónde me había presentado.

De repente, todo eso terminó en mi tercer año de secundaria.

Por razones que todavía no he llegado a descifrar, me dejé convencer de que debía guardar mis zapatillas de baile para concentrarme más en mis estudios. Mis maestras, el consejero en la escuela, y mi madre—todos insistieron en que hiciera otros planes para mi vida. Con varias opciones en frente de mí, ya no sabía si de veras quería ser una bailarina "por el resto de la vida", como todos solían ponerlo. Al terminar la secundaria salí al frente de la clase y entré a la universidad. Sin embargo, cada año volvía a la academia de Violeta Aguilera a animar a las alumnas a que siguieran pensando en el baile como un futuro legítimo.

De vez en cuando comparaba mi decisión con la de Cristina Ruiz y la de Becky Barrios. Cristina se quedó con Violeta por muchos años y finalmente abrió su propia academia de baile. Becky, al contrario, aplacó a sus padres y a la vez se salió con la suya. En la universidad, se especializó en danza y cuando terminó, se fue a Nueva York a seguir su carrera. Ella y yo nos mantuvimos en contacto a través de los años, y con los programas y recortes de periódico que recibía de ella, traté de mantener un álbum en su honor. Sabía, sin embargo, que comparado con el álbum de mi madre, el mío era bastante ordinario y muy de acuerdo con las aspiraciones de mi generación. Éstas, de alguna forma u otra, tenían que ver con el triunfo en los espacios públicos y cosmopolitas, algo que nunca había tenido importancia en las peregrinaciones de Andrea. Además, los éxitos que Becky había logrado parecían ser insignificantes en comparación con lo que ahora veíamos en la televisión. Por esto, se podía concluir—equivocadamente—que no había nada singular en los pequeños triunfos que Becky había ganado con tanto sudor.

Mi álbum también se parecía a todos los otros que personas como yo solíamos mantener en honor de nuestras amigas más aventureras. Al contrario, el álbum azul de mi madre había sido único en su género y su espíritu correspondía a la carrera de Andrea, que en su día había sido verdaderamente atrevida y extraordinaria.

Por un rato, ese álbum azul hasta llegó a ser mío. Al terminar la secundaria, lo recibí como regalo de mi madre. Pero, a pesar de que su gesto me conmovió muchísimo, siempre sospeché que me lo había obsequiado porque se sentía culpable de haberme aconsejado a abandonar algo que tenía gran valor para mí.

En la residencia estudiantil, de vez en cuando, algunas de las alumnas le daban un vistazo al álbum. Al enterarse de que, hacía muchos años, una prima de mi madre se había presentado en el teatro, mis compañeras expresaban su sorpresa. Nadie más en ese entonces podía jactarse de una pariente tan especial como Andrea. En verdad, ni ahora conozco a nadie quien pueda hacer ese mismo reclamo.

Con el paso de los años, me fui dando más y más cuenta de lo singular que habían sido aquellas experiencias de Andrea; y cuando ella cumplió sus cincuenta y cinco años, decidí que sería bonito reunirla con las imágenes de su juventud y le mandé el álbum como regalo. Debo confesar que me sentía muy magnánima por ese acto.

Así tocó que cuando Andrea me llamó para decirme que le

había llegado el álbum, me sorprendió muchísimo notar, por el tono de su voz, que ella no estaba contenta con lo que yo había hecho.

"En realidad le pertenece a tu mamá", me aclaró.

"Si prefieres, se lo puedes devolver a ella", le contesté, un poco herida.

Puesto que ni mi madre ni yo oímos más acerca del álbum, concluí que Andrea había decidido quedarse con él.

En aquella época, echaba mucho de menos el álbum que tanto me había ligado a mis propias aspiraciones de adolescente. Sin embargo, sabía muy bien que lo que se había captado en aquellas imágenes eran los logros de Andrea y no los míos. Aunque seguía asegurándome que había hecho bien en regalarle el álbum a Andrea, a veces me preguntaba por qué por lo menos no me había quedado con una de las fotos siquiera; pero, a la vez, de nuevo me convencía que todos esos recuerdos le pertenecían en conjunto a Andrea.

Muy concientemente traté de no seguir sintiendo remordimiento por aquel asunto y, en verdad, por bastante tiempo llegué a borrar de mi memoria la existencia del álbum. Pero todo resucitó de nuevo en mayo del año pasado cuando recibí una llamada de Becky Barrios. Ella me contó de una exposición de bailarinas que estaba coordinando. Dados sus deseos de diversificar la exposición en cuanto a geografía y período, ella quería incluir algunas imágenes de Andrea. "He pensando en aquel álbum magnífico acerca de tu prima. Me he estado acordando de cómo nos inspiraba cuando apenas empezábamos en las clases de Violeta Aguilera. ¿Por casualidad, lo tienes todavía?"

"No, pero te lo puedo conseguir", le aseguré.

Y fue por eso que hice mi llamada a Saint Louis.

Muy contenta de que me había acordado de ella, Andrea conversaba con mucho ánimo hasta que le expliqué la razón por la llamada. De un golpe me dijo, "Ese álbum ya no existe".

"¿Cómo que ya no existe?"

"Así es. Ya no existe", me lo dijo de nuevo. "Hace tiempo que no existe. Unos dos años después de que me lo mandaste, Antonietta se sentó a mirarlo y por descuido lo dejó en la mesa de la cocina. Allí fue donde lo encontró Consuelo y, sin que yo me diera cuenta, rompió todititas las fotos. Luego, me explicó que había metido los pedacitos en una bolsa de papel y con ella se había ido a la orilla del Río Misisipí. Allí, poco a poco fue echando los papelitos en el agua. Me acuerdo muy bien lo que yo sentía mientras ella me describía la escena. Imagínate. Veía miles de papelitos flotando como brotes de flores en el agua".

"¡Qué horror!" Yo casi ni podía hablar. "¿Qué pensaste tú de todo eso?"

"Que era terrible. Me sentí bastante mal por Clarita. Yo siempre consideré ese álbum como su manera personal de expresar una necesidad suya. Lo único que hacía yo era mandarle las fotos. Fue ella la que les impuso un cierto orden. Clarita guardaba ese álbum como si fuera una reliquia.

"En cuanto a mi propia reacción, pues yo simplemente no me preocupo de las cosas del pasado. Ya hace más de treinta años que dejé el teatro. Tú, sin embargo, te portabas como si hubiera sido ayer que yo bailaba y actuaba en el escenario. No aceptabas que yo de veras había dejado para siempre aquella parte de mi vida. Lo de aquella época ya no tiene ninguna importancia para mí".

"¿Qué te puedo decir?" Casi me disculpaba.

"Mira, no sé si lo siguiente te hará sentirte mejor o no, pero después de que Consuelo rompió las fotos, tuvimos nuestra primera conversación acerca de las tensiones de aquellos años. Hablamos de sus resentimientos acerca de mis ausencias y de mis frustraciones con su enfoque en el pasado, con su resolución, su constancia. Una vez que se habían perdido todos los eslabones a lo que le había molestado de mí, descubrimos una intimidad que hasta entonces nos había eludido. Ahora yo simplemente la acepto como es. Supongo que siempre le admiré esa cualidad que tiene de nunca dejarse desviar de su sistema de valores".

Yo todavía no podía decir nada.

"Míralo de esta manera. A pesar de que Consuelo no se había dado cuenta de que existía ese álbum, una vez que se lo encontró quizás lo que hizo con él haya sido la razón por la que existió el álbum en primer lugar. La destrucción de ese álbum sirvió como puente para nosotras, ya que por fin pudimos llegar la una a la otra".

"¿Me permites hablar con Consuelo?"

Andrea vaciló por unos segundos, luego me explicó con una sencillez que me conmovió aún más de lo que ya estaba. "Está sorda. No puede escuchar lo que le digas. Prométeme que no le vas a escribir acerca de esto tampoco. Ella vive contenta con sus memorias. No hay para qué molestar las aguas cuando están tranquillas. Deja que todo quede como ha llegado a ser".

Colgué el teléfono, y me puse a pensar. Por fin, decidí llamarle a Becky. Le ayudaría con su exposición de cualquier manera que tuviera a mi alcance. Después de todo, tenía que haber más de una forma en que los detalles del pasado se pudieran reconstruir. Esta vez, al contrario de lo que me había pasado cuando tenía quince años, no dejaría que nadie me disuadiera de lo que tenía que hacer. Oía una voz clara y firme dentro de mí misma que me decía repetidamente, "De una espina salta una flor".

Sí, me decía a mí misma, voy a reconstruir el álbum azul a pesar de que aquellos recuerdos desaparecieron hacía ya tanto tiempo. Aunque Andrea me acababa de decir que los recuerdos se habían ido por aguas que yo ni conocía todavía, haría todo lo posible para recuperarlos. Unos instantes antes de que Becky levantara la bocina, oí de nuevo la melodía "Zandunga", y comencé a ver figuras borrosas con tocados de encajes blancos. Desde las tinieblas me estaban invitando a que me fuera con ellas y, sin pensarlo más, decidí irme por los caminos que aquellas sombras estaban abriendo especialmente para mí.

AMANDA

¿Dónde está el niño que yo fui,
sigue dentro de mí o se fue?

※ ※ ※

¿Por qué anduvimos tanto tiempo
creciendo para separarnos?

Pablo Neruda

Amanda

I

La transformación era su especialidad, y de georgettes, satines, *shantungs,* organzas, encajes y piqués hacía trajes estupendos, bordados de chaquira que retocaba con una cinta plateada finita como un hilo. En aquel entonces estaba tan cautivada por las creaciones de Amanda—la esposa de mi abuelo—que antes de dormirme solía conjurar visiones de su taller en donde bailaban luminosos giros de lentejuelas de concha nácar rozando suavecito contra telas que ondulaban en espléndidas etapas de confección. Y allí, entre los tornasoles con su ritmo asegurante, ella se me iba haciendo más y más pequeña hasta que casi desaparecía en una manchita gris entre todos los colores y las luces. Luego, el murmullo monótono de *la Singer* y el cuchicheo burlón de Amanda se iban desvaneciendo también en una oscuridad espesa y silenciosa.

Por las mañanas, cuando tenía la oportunidad, me encantaba sentarme a su lado viéndole las manos guiar el movimiento de las telas hacia la aguja. Tanto me conmovía con lo que observaba que a veces me enmudecía, y entonces por largos lapsos de tiempo nuestra única comunicación solía ser mi evidente fascinación con los cambios que ocurrían ante mis ojos. Después de mucho tiempo ella subía la vista, mirándome con sus gafas de aros dorados y me hacía la pregunta casi narcisista, "¿Te gusta, muchacha?"

37

Ella no esperaba mi respuesta sino que comenzaba con sus cuentos de aquellas mujeres que iban a lucirle sus vestidos en el Blanco y Negro o en algún otro baile de esa misma índole. Y luego, serpenteando con la confianza de la persona que ha dado muchas vueltas a lo que por fin articula, Amanda me contaba historias recogidas de muchos de aquellos que habían llegado por estos lados desde hace ya mucho tiempo. Con estos cuentos me llevaba muy al pasado, aún antes de que el oro en la legendaria California y la indiferencia de los gobernantes norteños hubieran desengañado a los bisabuelos. Y mientras ataba un hilo que se le iba por allá o retocaba detalles por acá, yo me sentía obligada a hacerle una que otra pregunta como mi pequeña y rala contribución a nuestra larga conversación.

Con la mayoría de la gente me soltaba hablando como cotorra pero con Amanda temía no poderla entretener, y esto me asustaba aún más que las otras aprehensiones que ya había comenzado a percibir desde que tenía cinco o seis años. Lo malo era que cuando por fin me lanzaba con mis preguntas, inmediatamente me cohibía sola, pensando que ella me creía una preguntona. Y como cualquiera se aburre de estos complejos, ella al rato volvía a su trabajo, ahora sí como si yo no estuviera a su lado. Y eran aquellos momentos cuando yo la observaba largamente, sintiéndome vencida por olas de frustración al verla tan ensimismada mientras que yo me moría de ansias de que me hiciera caso.

La observaba toditita, mirándole el cabello castaño rojizo que, apartado por el centro y jalado hacia abajo, le cubría las orejas y le terminaba en la parte superior de la nuca, en la curva perfecta de un chongo grueso. En su camisero gris de falda angosta y mangas de tres-cuartos, que usaba día tras día, me parecía aún más alta de lo que ya era. El frente de ese vestido tenía pequeñitas alforzas verticales y una bolsa larga y angosta donde guardaba sus anteojos. Siempre parecía traer la cinta amarilla de medir alrededor del cuello y, a lo largo de la abotonera, nunca le faltaba una hilera de alfileres que resaltaban por sus cabezas gruesas y negras. Yo, sin entender lo que pasaba, me sentía contenta con lo permanente de aquel uniforme que ella se había creado para sí.

Su día empezaba a las siete de la mañana y terminaba a las nueve de la noche. Con este horario, en dos o tres días podía terminar un vestido de boda o un traje de noche, que luego pasaba a manos de Verónica para los bordados. Sin embargo, como no era una de esas personas que necesitan dedicarse únicamente a un proyecto, confeccionaba varios vestidos simultáneamente y éstos estaban esparcidos por todas partes, unos colgando en un palo suspendido casi del techo, otros en ganchos sobre la orilla de las puertas y otros cuidadosamente extendidos en tres o cuatro mesas.

Dada su manera de ser, de vez en cuando hacía que una novia llegara tarde a su propia boda, respirando queditito porque Amanda no había tenido tiempo para poner el cierre y lo había tenido que coser a mano con la novia dentro del traje. Pero a su clientela no parecían molestarle mucho estas ocasionales faltas de cortesía, pues siempre volvían y volvían, desde Saltillo y Monterrey, desde San Antonio y Corpus Christi, y aún desde Houston y Dallas. A éstas que venían de más lejos les encantaba practicar un español muy suyo con Amanda, y ella se sonreía pero nunca les daba ninguna indicación de que ella también dominaba el inglés perfectamente.

Con respecto a sus diseños, el patrón básico que Amanda empleaba podría ser una copia directa del *Vogue* o bien podría haber nacido de la fantasía predilecta de una de esas mujeres. De allí en adelante la creación era de Amanda y cada una de sus clientes confiaba que el diseño final le agradaría. Las delgaditas del Club Campestre de Monterrey o de Nuevo Laredo de vez en cuando la llevaban a las películas de Grace Kelly o de Audrey Hepburn para señalarle los trajes que deseaban, igualito como sus madres habían hecho con las de Joan Crawford o

Katherine Hepburn. Al ver la expresión de estas mujeres mientras daban piruetas frente al espejo en su nueva ropa, yo me daba cuenta de que jamás ninguna quedaba defraudada, excepto quizás las contadas novias sin cierre. De seguro que a mí nunca me desilusionó durante todo el tiempo que me sentaba a su lado en solemne y curiosa atención, atisbándole la cara para ver alguna señal de cómo había adquirido aquellos poderes singulares que tanto conmovían mi imaginación de niña.

Es que Amanda parecía tener un secreto, uno del que sólo hablábamos en tonos bajos entre nosotras, cuchicheando acerca de lo que podría estar haciendo con sus hierbas secretas. No la creíamos hechicera pero siempre nos cuidábamos de lo que nos daba para comer y beber, y aunque nadie jamás había visto sus pequeños muñecos, no se nos quitaba la sospecha de que los tenía que tener escondidos por algún lado, en réplicas perfectas de aquellas personas que por alguna razón le habían hecho la contra.

Nos parecía también muy sospechoso que entre sus pocas amigas había dos ancianas quienes venían a visitarla de noche. Estas dos nos alarmaban y estábamos convencidas de que tenían facha de ser algo más que aprendices. Comentábamos también sobre el hecho que Librada y Soledad eran unas ancianas desdentadas que se tapaban de pies a cabeza con trapos negros, y además, llevaban al hombro un morral lleno de hierbas e infusiones, igualito como lo hacían las brujas en mis libros. Sabíamos que si nos atreviéramos a mirarlas cara a cara, ellas nos absorberían todititos los secretos con aquellos ojos fríos y penetrantes que tenían.

Un día del año en que la lluvia fue más fuerte que en los cuatro anteriores, haciendo que los charcos se expandieran con burbujas muy gordas, me encontraba sentada sola en el pórtico, escuchando el sonido que hacían en el techo las gotas espesas del agua. De repente alcé la vista y vi a Librada parada allí, envuelta en su rebozo café oscuro, mientras llamaba quedamente a la puerta.

"La señora le manda un recado a Clarita" dijo, mientras mi corazón retumbaba tan fuerte que su propio sonido me asustaba, y le dije que se esperara allí, en la puerta, mientras iba a llamar a mi madre.

Para cuando vino mi madre, Librada ya estaba adentro, sentada en el sofá. El pedido era que mi madre llamara a una de las clientes de Amanda, y mientras ella fue al teléfono, yo me quedé a solas con Librada. Me senté en el piso e hice que jugaba con un rompecabezas, mientras la observaba de reojo, dándome cuenta de que ella también me estaba observando. De pronto me hizo sobresaltar al preguntarme cuándo iba a cumplir mis ocho años pero antes de que me salieran las palabras, mi madre estaba de vuelta con una nota para Amanda, y con eso Librada terminó su visita. Sintiendo la tensión que se podía palpar en el cuarto, mi madre sugirió que fuéramos a preparar un buen chocolate caliente.

Después de haberme tomado el chocolate, volví al pórtico y me recosté a leer el último número de mi *Jack & Jill*. De repente, en lo que acomodaba los cojines, se me resbaló el brazo en una sustancia viscosa verde-gris y eché tal chillido que mi pobre madre vino a mi lado como un relámpago. Pero, furiosa de que se hubiera tardado tanto, yo misma me limpiaba el brazo en el vestido mientras le gritaba, "Mire lo que hizo la bruja". Casi en cámara lenta me fue quitando el vestido, y cuando por fin me sentí libre de esa prenda, me mandó al baño, advirtiéndome que me enjabonara muy bien. Entretanto, se puso a limpiar lo que estaba en el sofá con periódicos, que luego llevó a quemar afuera, cerca de la vieja cisterna de ladrillo. Al salir del baño, mi madre me polveó muy generosamente con su talco fragancia-a-lavanda, y el resto de la tarde tratamos de adivinar el significado del episodio tan extraño. Ya que nada noticioso le pasó a ningún miembro de la familia durante los siguientes días lluviosos, mi madre insistía en que olvidáramos el incidente.

Pero yo no lo podía olvidar, y en mi próxima visita a casa de Amanda, le describí en detalle lo que había pasado. Ella no le quiso dar importancia al episodio y alzándose de hombros me dijo en tono burlón, "Pobre Librada, ¿por qué le echas la culpa de tal cosa?" Eso era todo lo que necesitaba para volver a mis atisbados silenciosos, sospechando que ella también era parte de un complot intrigante cuyo contenido todavía no llegaba a descifrar.

Pero en lugar de hacerme escapar de Amanda, estos incidentes me atraían más a ella porque tenía la clara sensación de que ella era mi único eslabón con una infinidad de posibilidades extraordinarias que formaban parte de un universo muy ajeno al mundo cotidiano de los demás. No sabía cuáles serían, pero tan convencida estaba de que había poderes singulares en esa casa que siempre que iba por allá me ponía mi escapulario colorado con listón negro y antes de tocar el timbre me persignaba con una de esas señales de la cruz todas complicadas.

Cuando terminaron las lluvias y la luna comenzó a cambiar de colores, comencé a imaginarme un traje dramático y temible que me podría hacer Amanda. Sin discutirlo con mis hermanas, me lo iba imaginando más y más siniestro y, finalmente cuando los sapos dejaron de croar, me sentí con suficiente valor para pedírselo.

"¿Oye, Amanda, me podrías hacer el traje más hermoso de todo el mundo? ¿Uno como el que una bruja le diera a su hija favorita? ¡Algo que les encante a todos por lo horrible que sea!"

"¿Y para qué diablos quieres tal cosa?" me preguntó con sorpresa.

"Nomás lo quiero de secreto. No creas que voy a asustar a los vecinos".

"Pues, mire usted, chulita, estoy tan ocupada que no puedo decirle ni sí ni no. Uno de estos días, cuando Dios me dé tiempo, quizás lo pueda considerar, pero hasta entonces yo no ando haciendo promesas a nadie".

Y esperé. Vi la canícula entrar y salir y, finalmente, cuando la lechuza voló a otros rumbos, me di por vencida, enojada conmigo misma por haber pedido algo que sabía de antemano que no se me iba a hacer. Por eso, cuando Verónica por fin vino a decirme que Amanda me tenía una sorpresa, me hice de lo más desinteresada y le contesté que no sabía si podía ir porque todo dependería de lo que quisiera mi madre.

II

Mientras esperaba que me abrieran la puerta, estaba muy consciente de que había dejado el escapulario en casa. Sabía, esta vez, que algo muy especial me iba a pasar porque desde afuera podía ver lo que por fin me había hecho Amanda. Montada en un maniquí de niña se veía hermosa una capa ondulante de satín negro que suponía me iba a llegar a los tobillos. Sus ojales chinescos protegían unos botones pequeñitos que hacían una hilera hasta las rodillas, y un sobrepuesto de piel negro se escondía por adentro del escote del cuello. "Es de gato", me confesó Amanda, y la piel me hacía cosquillas en el cuello mientras ella me abotonaba la capita. Las mangas bombachas quedaban bien ajustaditas en las muñecas, y de la parte superior de ambos puños caía una garrita de gato sobre el dorso de la mano, exactamente hasta los nudillos. Debajito del cuello, al lado izquierdo, había un corazón pequeñito abultado de terciopelo, color guinda, del cual parecían chorrear gotas rojizas en forma de cuentas traslúcidas.

Ella me ajustó la caperuza redonda e hinchada sobre la cabeza, y me hizo ver cómo una hilera de alforcitas hacía que la caperuza me sentara como corona, muy pegadita al cráneo. A la orilla de la caperuza, sobre la parte que quedaba por la frente, Amanda había cosido plumas negras de pollo, las cuales casi me tapaban los ojos, y entre pluma y pluma había aplicaciones de unos huesitos muy delicados que rozaban suavecitos sobre las mejillas. Amanda me dijo que no le temiera a los huesos, pues venían de los pájaros que habían matado y abandonado los gatos en el jardín. Con esto, me sugirió que caminara alrededor del cuarto para poder ver cómo me sentaba la capa.

Al moverme, las garritas de gato me rozaban las manos y los huesos de pájaro me hacían cosquillas en la cara, igualito como me imaginaba debían sentirse los copos de nieve. Entonces, Amanda me puso un collar que me llegaba hasta la cintura. Ese también era de huesos de pájaros ensartados en un hilo finito y luminoso, y al azar, entre los huesitos, había unos cascabeles.

Levanté los brazos y bailé alrededor del cuarto, y el sonido de las campanitas hacía una dulce melodía contra el silencio. En uno de esos giros frente al espejo, me di cuenta de que Librada estaba sentada en el cuarto contiguo, riéndose quedamente. Al instante me fui a ella y le pregunté qué pensaba de mi capa.

"Hijita, pareces algo del otro mundo. Mira que hasta me acabo de persignar. Me da miedo nomás en pensar del montón que te vas a llevar contigo al infierno. ¡Que Dios nos libre!"

Siendo ésta la primera vez que miraba a Librada, de repente sentí la necesidad de entregarme a toda la emoción que me embargaba en ese instante, y el cuarto ya no tenía suficiente espacio para lo que sentía. Así que abracé a Amanda, la besé dos, tres, cuatro veces y luego dramáticamente anuncié que tenía que enseñarle esta creación, la más maravillosa de todo el mundo, a mi madre.

Salí precipitadamente hacia la calle, esperando no encontrarme con nadie, y puesto que la suerte sería mi compañera por varias horas, logré llegar a mi casa sin tropezarme con ningún alma. Llegando a la puerta de la cocina, oí voces. Esperé unos momentos, luego toqué muy recio, y en un movimiento instantáneo, abrí la puerta, entré con los brazos extendidos, y sentí el latido de mi corazón ondular al ritmo de las plumas, los huesos de pájaros, y los cascabeles.

Después de un silencio inicial, mis hermanas se pusieron a llorar casi histéricamente. Mientras mi padre se volteó a consolarlas, mi madre vino hacia mí, con una cara que jamás le había visto. Dio varios suspiros y luego me dijo en voz baja que nunca más me quería ver vestida así. Su expresión me asustó, y por eso inmediatamente me quité la capa, pero no sin protestar quedamente de cómo ciertas gentes estaban tan ciegas que no podían ver lo mágico y lo extraordinario aún cuando lo tenían merito en la cara.

Acaricié mi capa encantadora, observando detenidamente los hoyos pequeñitos en los huesos de pájaro, mientras que con las yemas de los dedos tocaba las puntas de las garras de gato, y al deslizar las cuentas debajo del corazón, sentí que en esa noche gloriosa, cuando las linternas lucían su verde más verde que nunca, en esa noche calmada y transparente, dormiría cobijada por la capa cálida y única que Amanda le había hecho a la última novicia de una eterna cofradía.

III

Más tarde, después de que los Judás ya habían ardido y los espirales de luces volaban por todas partes, abrí los ojos lentamente a la luna llena que me iluminaba la cara. Instintivamente me llevé la mano al cuello y rocé los dedos contra la piel de gato. Necesito salir afuera, pensé, mientras me resbalaba de la cama y me dirigía en puntillas hacia la puerta de atrás en busca de lo que no estaba adentro.

Por mucho tiempo estuve meciéndome contra la espalda de una silla de patio, comunicándome con la luna y con todos los alrededores familiares que resplandecían con la vibración luminosa del vasto universo, y allá en la oscuridad de la distancia, el canto constante de las chicharras y de los grillos reiteraba la permanencia aseguradora de todo lo que me rodeaba. Pero a nadie le toca gozar de tales poderes por largo tiempo, y la visión de transcendencia se destruyó con mi propio grito al sentirme estrujada por dos manos que me sacudían por detrás una y otra vez.

"¿Qué haces acá afuera? ¿No te dije que te quitaras esa cosa tan horrible?"

De nuevo veía a mi madre con desafío pero inmediatamente sentí como antes, que ella se hallaba más inquieta que enojada, y me di cuenta que era inútil continuar de esta manera. Muy despacio desabroché los pequeñitos botones negros de su cordoncito entrenzado y me fui quitando la capa, por lo que creía ser la última vez.

IV

Al pasar los años ya no había tiempo para soñar con charcos chocolate-lila ni lechuzas blancas en la noche. Desapareció también la capa después de aquella triste-dulce experiencia única de la perfección del universo. Hasta llegué a dudar si no había inventado aquel episodio tal como había hecho con tantos otros en aquellos días de excitantes posibilidades sin límite.

En realidad, cuando me invadían como un intruso necio y malvenido las memorias de la capa, siempre trataba de zafarme de ellas, pero por más que quería olvidarlas, esas memorias persistían, y una tarde de lluvia dominical se me pusieron más fastidiosas que nunca. Quizás el tedio del momento tuvo algo que ver con esto, ya que resultaba ser una de esas tardes aburridas de pueblo cuando aún los relojes se paran en asentimiento. En un intento por no sofocarme en el ambiente, decidí esculcar en las cajas y los baúles viejos, que estaban amontonados en el ático.

Parecía que aquellas cajas no contenían nada de interés,

cuando de repente me encontré un bulto al que ni el papel de china amarillento podía ocultarle lo que era. Desenvolviéndolo con un cuidado rápido, di un suspiro de alivio al enfrentarme con aquella capa con que tanto había soñado. Me salieron las lágrimas mientras pasaba los dedos por cada uno de sus detalles y me sentía repleta de felicidad al ver que todavía estaba tan linda como lo estuvo el único día en que me abrigó. Sólo la piel de gato había cambiado, endurecida un poco por la sequedad del baúl.

Una vez más, me maravillé de los dones de Amanda. Su capita negra había sido una expresión de amor genuino y sentí lástima de lo que se había perdido durante los años en que había estado oculta. Con mucho cuidado la saqué del baúl, preguntándome por qué mi madre no habría cumplido su amenaza de quemarla aunque sabía muy bien por qué no lo había hecho.

V

Desde ese entonces le di espacio a la capita entre mi colección de pocas pero predilectas posesiones que me acompañaban por dondequiera que iba. Hasta le mandé hacer un maniquí de trapo que, vestido de capa, guardaba un puesto céntrico en cada casa o apartamento del que yo hacía hogar. Al paso de los años, la capita seguía manteniéndose como nueva e iba creciendo en significado porque no podía imaginarme que alguien jamás volviera a tomarse el tiempo de crearme algo tan especial; sólo Amanda lo había hecho en aquellos días espléndidos de pletóricas gardenias, cuando nuestros mundos coincidieron por unos breves momentos de dulce plenitud.

Cuando de nuevo llegó el final, casi ni lo pude soportar. Rumbo al oeste, se me perdió la maleta en que llevaba la capa y por acá nadie podía entender por qué la pérdida de algo tan pintoresco como una capa negra con plumas de pollo, huesos de pájaro, y garras de gato podía hacer que alguien se lamentara de tal manera. Su falta de comprensión me hacía, al contrario, más consciente de lo que ya no era, y por meses después de haber llegado a estas costas nebulosas, me despertaba viendo lentejuelas de concha nácar que giraban luminosamente en la oscuridad.

VI

Allá en mi pueblo, Amanda pronto cumplirá los ochenta, y aunque hace años que no la veo, últimamente he vuelto a soñar con el encanto que sus manos prestaban a todo lo que tocaban, especialmente cuando yo era muy pequeñita. Para celebrar nuestros cumpleaños, mi padre, ella, y yo teníamos una fiesta en noviembre que duraba tres días y durante ese tiempo mi padre hacía la armazón de carrizo para un papalote al que Amanda ataba uno que otro pedacito de marquisette con cordones de ángeles, los que mi padre después sostenía mientras que yo flotaba en el papalote, volando sobre los arbustos y las plantas; y era todo tan divertido. No recuerdo el año exacto en que cesaron esas festividades ni tampoco lo que hicimos con todos esos regalos talismánicos, pero me he propuesto encontrarlos en los baúles y las cajas que mi madre guarda en el desván la próxima vez que vuelva a casa.

FILOMENA

¡Mis hermanas, las pajaritas!
¡Diariamente alaban a Dios
por el aire que les regala!

San Francisco de Asís

Filomena

I

Todos los años, a principios de noviembre, la vida de los muertos adquiría importancia para nosotras y, como parte de nuestra conmemoración, Filomena y yo íbamos de compras al mercado. Allí, rodeadas por todo tipo de flor buscábamos nuestras favoritas—las cempasúchiles del color del sol—mientras la bulla de los vendedores nos guiaba de un puesto a otro. Cada vendedor trataba de atraernos con el mismo grito, "¡Flores para los muertos! ¡Flores para los muertos!"

Un poco mareada por las flores que Filomena había puesto en mi canasta, traté de aliviarme de los olores y al voltear la cara hacia arriba vi que en el segundo piso unos telones hechos de sábanas anunciaban en letras grandes, "EL DOS DE NOVIEMBRE, DÍA DE MUERTOS".

Los telones estaban cubiertos con dibujos de esqueletos que bailaban en frente de una figura huesuda. Sentada con desenvoltura en una silla, la figura doblaba la mano derecha alrededor de una segadera y por lo que Filomena me había contado acerca de la figura, la reconocí inmediatamente. ¡Era Mictlantecuhtli, el Señor de los Muertos!

Me dirigí al segador, y en voz baja le dije, "Todos se andan escondiendo de ti. Por eso en mis clases jamás mencionan tu nombre. Pero, creeme, Mictlantecuhtli, para Filomena y para mí, no eres un extraño".

51

Estaba lista para señalarle el Señor de los Muertos a Filomena cuando noté que había terminado con sus compras, y dejé que el gesto pasara por alto mientras cruzábamos por la multitud de celebrantes. Como nosotras, todos andaban preparándose para la fiesta.

Luego, sin sentir que teníamos que mantener una conversación, Filomena y yo caminamos en silencio a su casa, gozando los perfumes de nuestras flores.

Al pasarle la vista ligeramente, vi que Filomena llevaba a la nuca el broche de pelo con el que siempre mantenía su peinado sencillo. Su vestido de rayón gris casi le llegaba al tobillo, e intuitivamente yo entendía que su sencillez la liberaba de la limitación del tiempo y la hacía proyectar la sabiduría en la que yo me respaldaba diariamente.

Era casi incomprensible para mí que mi madre, quien acababa de cumplir sus cuarenta años, tuviera la misma edad que Filomena. En contraste con mi madre quien se movía con vivacidad, Filomena hacía todo en cámara lenta. Mi madre era impredecible, de espíritu volátil; Filomena, al contrario, era arraigada y totalmente moderada. Con ella me sentía de lo más segura.

Al acercarnos a su casita, comencé a pensar en las tres personas a quienes muy pronto íbamos a conmemorar: Nalberto, Martín, y Alejandro. En los últimos días, había estado aprendiendo acerca de Nalberto, el padre de Filomena, quien había muerto en una batalla en Zacatecas meses antes de que ella naciera. Sin embargo, aunque yo sabía bastantes detalles sobre Nalberto, la imagen que tenía de él era muy vaga, tal vez porque Filomena en realidad no tenía recuerdos claros de su padre. En este mismo momento, Filomena tenía quince años más de los que su padre había tenido cuando *un federal* le penetró el corazón con una bala; y en la única foto que ella tenía de su padre, él se veía tan jovencito que la primera vez que me lo mostró, yo pensé que Filomena era la madre en lugar de su hija.

En contraste a la vaguedad que yo asociaba con el padre de Filomena, entendía que Martín, su marido seguía teniendo una presencia en su vida. Filomena y Martín se habían casado en 1932, el año en que habían llegado a nuestro pueblo; y a pesar de que a ella no le gustaba expresar sus sentimientos verbalmente, me había hecho entender que su amor hacia Martín y la atracción que sentía hacia él jamás iban a disminuir. La sonrisa de Martín se parecía a la de Pedro Armendáriz, me decía, mientras recordaba cómo la labor física lo había dejado fuerte y musculoso. Al contar del día en que les había llegado la noticia de conscripción, Filomena se ponía triste. En su modo de ver, el ejército no sólo le había arrebatado a Martín llevándoselo muy lejos sino también la había dejado sola con la responsabilidad de sus tres hijitos.

Diariamente, en su alcoba juntaba a los niños ante la Virgen de San Juan de los Lagos y allí se ponían a rezar por Martín. Al principio, su altar había consistido en una mesita con unos cuantos objetos cuya figura central era la estatua pequeña de la virgencita. A cada lado de ella, Filomena había colocado sus fotos, la de Nalberto y varias de Martín. Por cada mes que Martín había seguido fuera, Filomena había agregado una nueva ofrenda y a través de los meses, el altarcito se fue llenando de nuevos recuerdos.

Un día, un joven representante del *Marine Corp* le tocó la puerta para avisarle que Martín había sido herido en Iwo Jima; y una semana después le llegó la noticia que ella había querido evitar a todo costo. Colocó una pequeña cruz negra en la ventana que daba a la calle, y con este gesto se unió a la legión de mujeres que por todas partes lamentaban la pérdida de un ser querido en aquella lejana guerra.

Luego Filomena agregó una imagen de la Madre Dolorosa a su altar. Sus vecinos, quienes sabían que ella encontraba consolación en sus artículos sagrados, le trajeron dos piezas nuevas: una estatua de la Virgen de Guadalupe y un retablo de la Sagrada Trinidad. Todas las noches después de acostarse los niños, Filomena se pasaba horas enfrente de su altarcito donde prendía velas y se limpiaba de las acusaciones que había hecho contra Dios en los momentos de su primera angustia. Durante el día, cuando limpiaba casas, se deshacía de su dolor murmurando, ". . . y reza por nosotros los pecadores, ahora y en la hora de la muerte. Amén".

Tristemente se fue dando cuenta de que sola no podía encargarse de la responsabilidad de sus hijos y al analizar su situación, llegó a la conclusión de que el trabajo que estaba a su alcance nunca le rendiría los fondos suficientes para mantenerlos a todos y para empeorar la situación, las estipulaciones burocráticas la abrumaban y el papeleo que acompañaba su pensión de viuda la confundía más de lo que quería reconocer.

Finalmente decidió rendirse a la única solución que le quedaba, y con toda la suavidad a su alcance, les informó a los niños de su decisión. Alejandro sería internado en una escuela católica, y los más pequeños, Lucila y Mateo, se irían a vivir por un rato con sus parientes en Michoacán. Tan pronto como pudiera resolver su condición económica, ella iría por ellos.

Entonces, Filomena comenzó a buscarse más chambitas y fue por eso que un día se encontró con mi madre, y de allí en adelante se dedicó al trabajo que hizo con gusto por muchos años. Como mi nana, me trataba como si yo fuera suya, y yo, por mi parte, dándome cuenta del amor que me tenía llegué a reconocerla como mi segunda madre.

Por medio de Filomena me enteré de la vida espiritual. Para los cinco años conocía a todos los santos que ella admiraba, y el día en que se inició en las Hermanas de María, a mí también me vistió de blanco con un escapulario azul y me ofreció a la Virgen. De allí en adelante, yo sentía que tenía contacto directo no sólo con todos los santos y mártires que jamás habían vivido sino también con los que quedaban por venir. En particular, me encantaba oír de los festivales religiosos en

Michoacán, a dónde Filomena y Alejandro iban con frecuencia. Lucila y Mateo pronto dejaron de venir a visitarnos porque, según ellos, no tenían necesidad de dejar la tierra de sus antepasados, en la que ellos llegaron a engreírse con fervor.

Así fue que Filomena, Alejandro, y yo comenzamos a pasar más y más tiempo juntos. Durante los veranos y en los días de fiesta, Alejandro nos acompañaba por todas partes, y muy pronto lo llegué a considerar un buen sustituto por el hermano que no tenía.

Cuando Alejandro terminó la secundaria, se encontró un buen trabajo y trató de reunir a su familia de nuevo pero para entonces ya la situación había cambiado. Lucila acababa de cumplir sus diecisiete años y Mateo iba en los quince. Acostumbrados a la vida que llevaban, Lucila insistió en que no quería separarse de su novio y Mateo dijo que él estaba contento haciendo el papel de hijo menor de su tía. A pesar de que Alejandro quedó bastante desilusionado con la decisión de sus hermanos, se dio cuenta de que no tenía sentido que él se fuera a vivir a Uruapan, un lugar en el que nunca había vivido. Aceptando que su familia siempre quedaría dividida, Alejandro animó a Mateo a que se preparara bien en la escuela para que algún día pudiera graduarse de la universidad. Filomena decidió, entonces, establecer residencia permanente en nuestro pueblo y Alejandro se dedicó a ganarse la vida para sí mismo y para su familia. Como era evidente que mi madre ya no la necesitaba diariamente, Filomena cumplió con el deseo de Alejandro y de allí en adelante se dedicó a su propia casa.

II

Por fortuna, yo estaba con Filomena la tarde en que Alejandro le trajo una sorpresa. Éste llegó con tres jaulas de pájaro que acababa de comprar. Admiramos la excelente factura de fierro forjado de las jaulas y luego seguimos a Alejandro al pórtico de atrás, donde colgó las jaulas al lado de los geranios en maceteros.

Durantes los días siguientes Alejandro fue llenando las jaulas con canarios, pinzones, y periquitos. Filomena se moría de alegría cada vez que Alejandro le traía más pajaritos, y me confesó que eran el mejor regalo que jamás había recibido. Le dio un nombre a cada uno de sus pajaritos y pronto llegó a conocer las características de cada uno.

Viendo qué feliz estaba su madre, Alejandro le dijo, "Vas a ver, Mamá. Te voy a dar algo aún mejor".

Y pronto cumplió su palabra.

Un jueves, al regresar de misa lo encontramos esperándonos con una sonrisa. "Vamos al pórtico", nos dijo.

Allí en una jaula inmensa en forma de copa invertida vimos una guacamaya de un verde radiante. Su pecho era de color carmesí y su cabeza, amarilla. Al vernos comenzó a graznar, "¡Lora! ¡Lora!"

Luego, caminó la guacamaya en la cúpula de la jaula y en voz áspera, nos dijo su nombre, "¡Kika! ¡Kika! ¡Kika!"

"¿Te gusta, Mamá? Si la quieres, es tuya".

"Mírala nomás". Filomena movía la cabeza como si no pudiera creer lo que tenía frente a los ojos.

"Es tuya, Mamá", le repitió Alejandro. "Kika es una guacamaya amazona del Yucatán. Se la compré a la señora Arzuela pero si no te gusta, está dispuesta a que se la devuelva".

Filomena se quedó parada con los brazos cruzados. Sólo movía la cabeza de lado a lado mientras Alejandro le contaba detalles acerca de las guacamayas. Se quedó callada por tanto tiempo que pensé que no iba a aceptar a la Kika y cuando por fin dijo que sí la quería, di un suspiro de alivio.

La Kika venía muy bien entrenada y Filomena la dejó andar libre por la casa. Su percha favorita era un columpillo que Alejandro le ató en una esquina del techo de la sala y allí se pasaba horas jugando en su columpio. Durante el día volaba de cuarto en cuarto y por la noche, entraba a su jaula sin problema.

En la mañana cuando Filomena destapaba las jaulas, los pinzones y canarios trinaban sus saludos; y la Kika, con sus propios sonidos roncos, contribuía a los rituales, a veces con dos o tres silbidos largos. La casita de Filomena, que por años se había guardado en silencio, de repente se llenó de vida nueva.

Desafortunadamente, Alejandro no tuvo tiempo de gozar la alegría que había traído a su hogar, pues tan pronto como terminó sus estudios, lo llamaron al ejército y en poco tiempo lo mandaron a la guerra.

Antes de irse, Alejandro le dijo a su madre que no se preocupara por él y le prometió volver pronto. "Entre tanto", le dijo, "la Kika y los otros pajaritos te harán compañía. Al oírlos cantar, no olvides que mi espíritu te habla por medio de sus sonidos".

El día en que se fue Alejandro, Filomena puso un mapa de Asia en la pared. En frente del mapa colocó una pequeña estatua del Santo Niño de Atocha, el santo patrón de los viajeros. Cada noche al decir sus rezos, atisbaba en el mapa los nombres de aquellos lugares que escuchaba nombrar en la radio y se consolaba pensando que Alejandro, por lo menos, andaba luchando contra paganos en pueblos y villas cuyos nombres ella ni trataba de pronunciar.

En la escuela nos hablaban del *yellow peril*, el peligro amarillo, que soldados como Alejandro nos estaban ayudando a controlar y al oír a mis maestras, me imaginaba al enemigo como al John Wayne que recién había visto en "The Conqueror", montado a caballo, con tribus de tártaros siguiéndolo hacia el horizonte, y en casa cuando rezábamos por Alejandro, me lo imaginaba como San Jorge en batalla contra los dragones de los mongoles.

"Regresa a casa pronto, Alejandro", me decía a mi misma,

poniéndome tan emocionada al hacer mi petición que cuando abría los ojos, sentía que en cualquier momento Alejandro se iba a aparecer en frente de mí.

Claro que esto no fue lo que ocurrió y nunca más volví a ver a Alejandro vivo, pues después de un año de su partida, nos lo mandaron de Corea en un ataúd.

Su muerte me dejó desconsolada y, para empeorar la situación, me sentía traicionada por la negación de mis suplicios. Por días lloraba sin parar. Los vecinos movían la cabeza, y decían que la justicia jamás se había tropezado con Filomena y al oír esto, yo lloraba con más ganas. Mi madre, preocupada por Filomena, me mantenía lejos de ella para que mis lamentaciones no aumentaran el gran pesar que la pobre debía sentir.

No volví a ver a Filomena hasta el día del entierro, y al estar a su lado de nuevo, me sorprendió la reacción con la que se enfrentaba en público a la muerte de Alejandro. En contraste con la reacción de los vecinos y mis llantos interminables, ella parecía haber aceptado la muerte de su hijo con ecuanimidad. Lloró un poco antes del funeral y también mientras tocaron el toque de silencio. Después, se retiró a su cuarto y allí, por más de un mes, rezó por las almas de sus seres queridos—Alejandro, Martín y Nalberto, cuyas vidas habían sido truncadas antes de tiempo en guerras que para ella no tenían ningún sentido.

En casa, mi madre trató de consolarme, contándome de las pérdidas que ella también había sufrido en su niñez, y la tía Griselda me describió cómo ella, a los diez años, había sobrevivido la muerte de su padre. "Cada vez que cerraba los ojos", me decía, "yo veía a mi padre detrás de un rayo brillante y por horas me quedaba con los ojos bien cerrados, tratando de vislumbrar su cara".

Al oír las palabras de Griselda, me imaginaba que la cara joven de Alejandro estaba delante de mí, ocultada por un halo dorado que yo tratada de hacer a un lado para mirarle la cara.

Adriana, mi hermanita pequeña, me tocaba en el hombro y me decía con su vocecita inocente, "Está allá arriba. Tú no lo puedes ver, pero él sí mira todo lo que tú haces. Ya no llores. Algún día va a estar contigo otra vez".

Estas palabras de mi hermanita me consolaron inmensamente y decidí mantener viva la memoria de mi querido Alejandro.

Después de unas semanas, mi madre me permitió visitar a Filomena de nuevo, y al entrar a su casa, lo primero que me llamó la atención fue que había rearmado su altar por completo. La mesa la había reemplazado con un pedestal de madera y en él había puesto a sus santos y las fotos de su gente fallecida. Día y noche las velas brillaban en portavelas, y su brillo se reflejaba en el espejo con un ritmo constante. Encima del altar, Zacarías, uno de sus vecinos, le había atado unos ganchos gruesos sobre el techo y en ellos Filomena había colgado las jaulas de sus pájaros. De esta manera ella había incorporado la voz ruidosa de la guacamaya y los trinos de los otros pajaritos como parte de sus ofrendas cotidianas. Conmovida con el espíritu beatífico del corazón sencillo de Filomena, me quité mi cadenita de oro con su medalla de la Virgen de Guadalupe y la puse en el altar frente a la foto de Alejandro.

De allí en adelante, después de mis clases, volvía a reunirme con Filomena. Rezábamos juntas mientras los pájaros piaban dulcemente; y al hincarme, me daba cuenta de que mis ruegos, como los de Filomena, ya no eran murmullos de petición sino oraciones de resolución: "Sea su voluntad en la tierra como en el cielo".

III

Como de costumbre, a fines de octubre, Filomena pensaba hacer su viaje anual a Michoacán. Allí, en su estado natal, iba a participar en ritos tarascos relacionados a los Días de Muertos, entre ellos, un peregrinaje a la isla de Janitzio. Convencida de que yo también podría sacar provecho del viaje, ella había aconsejado a mis padres de que me dejaran acompañarla.

Después de muchas discusiones, ellos llegaron a la conclusión de que la experiencia me serviría de *limpieza espiritual* y dieron su permiso con tal de que mi tía Griselda nos acompañara. Así fue que el 28 de octubre, Griselda, Filomena, y yo salimos en la Empresa Tres Estrellas de Oro a Morelia, donde hicimos conexión a Uruapan. Allí nos encontramos con Mateo y Lucila.

Mis dudas de que Mateo y Lucila me iban a tener celos porque yo trataba a su madre más que ellos fueron innecesarios, pues los dos se portaron de lo más amables y trataron de hacerme sentirme cómoda. Mateo hasta me recordó que ellos también hablaban español e inglés. "Puedes hablar el idioma que te convenga", me aseguró.

"Podemos hablar en los dos idiomas", yo le contesté. "A veces podemos hablar en español y a veces en inglés. Y si se nos antoja, hasta podemos hablar en *Tex-Mex*".

El pacto hecho, nos hicimos amigos.

Ese mismo día empezamos a preparar las ofrendas que llevaríamos a Janitzio. Rosa, la hermana de Filomena, y Arturo, el marido de Rosa, nos mostraron con orgullo la cruz de alambre que habían mandado a hacer. De cinco metros, la cruz ya estaba lista para ser cubierta de cempasúchiles.

Al día siguiente, nosotros—los jóvenes—nos pasamos la mañana en el campo donde cosechamos cempasúchiles y otras flores. Luego entrelazamos las flores en la cruz y las atamos con hilitos de alambre. En pocas horas estábamos listos para salir a Pátzcuaro, donde tomaríamos una lancha a Janitzio.

Nos subimos en la camioneta de Arturo. Filomena y Griselda iban en frente a su lado; y Lucila, Mateo, y yo íbamos atrás donde, rodeados de ofrendas, íbamos felices al aire libre. De vez en cuando, sacábamos agua de la tina y se la echábamos a las flores para refrescarlas. Viendo a las otras familias que también iban rumbo a Pátzcuaro llenas de ofrendas, comenzamos a hablar sobre la razón por la que íbamos a la isla.

"A Alejandro le fascinaría todo esto", nos dijo Lucila, recordando a su hermano. "¡Le encantaban las ceremonias! Desde que éramos niños teníamos mucho aprecio por las observaciones de Mamá y estoy casi segura de que Alejandro las gozaba aun más que yo. Le encantaba vestirse de blanco durante el mes de mayo cuando todos los niños íbamos a ofrecerle flores a la virgen". Lucila miró hacia el horizonte. Luego volvió a decir, "¡Cómo le encantaban las ceremonias a mi hermano!"

Mateo, notando que me había puesto quieta, me preguntó cuál era mi memoria favorita de Alejandro. Inmediatamente le conté del día en que le regaló la Kika a Filomena. "Los pájaros siguen multiplicándose", le expliqué, "y cada vez que hay una cría nueva me convenzo más y más de que la música que nos trajo Alejandro estará con nosotras para siempre. Le dió el regalo perfecto a tu mamá".

Después de compartir recuerdos de Alejandro, Mateo reveló sus verdaderos sentimientos y nos recordó que estábamos hablando únicamente de las buenas memorias que teníamos de su hermano. "También tenemos que hablar de lo problemático", nos dijo. "No podemos olvidar que Alejandro fue el favorito de Mamá, a tal punto que fue él quien ella escogió para que la acompañara en El Norte".

"Confieso que yo también le tenía muchos celos", admitió Lucila, "pero últimamente me he dado cuenta de que Mamá verdaderamente quería que todos estuviéramos juntos pero no tenía la menor idea de cómo mantenernos a los tres. Creo que ella pensaba que sí estaríamos juntos de nuevo algún día. Claro, eso ya no va a pasar. ¿No crees, Mateo, que hasta cierto punto tú y yo le arruinamos sus planes?"

"¡No! ¡No! ¡No! No me salgas con eso. Deberíamos habernos venido como familia para acá".

"No seas tan testarudo. Después de morir Papá, la decisión estaba casi hecha. Mamá no lo iba a dejar solito allá. ¿Y cómo se lo iba a traer para acá? No hay duda de que se va a quedar allá para siempre. Ahora incluye la visita a las tumbas de Papi y Alejandro como parte de sus ritos".

Mateo se hizo como si no hubiera oído a Lucila. "¿Qué te parece todo esto, Nenita?" Me acarició la mejilla, luego dijo, "Lo bueno es que ahora sí estamos juntos. ¿No es cierto?"

En ese momento Arturo tocó un par de veces en la ventanilla de la camioneta para hacernos entender que habíamos llegado a Pátzcuaro, y la pregunta de Mateo quedó en el aire.

En lugar de irse directamente al lago, Arturo nos dió una vuelta por el pueblo. Los edificios coloniales eran de lo más impresionante pero lo mejor de todo era el zócalo. No había ningún espacio vacío en ese lugar inmenso y el alboroto de la gente parecía interminable. Por todas partes se olían las flores y la comida que los mercaderes vendían en sus puestos, cada uno decorado con papel picado.

Cuando llegamos a la orilla del lago, ya muchas lanchitas iban rumbo a la isla. En el lago, también andaban pescadores tarascos con redes inmensas. Como Filomena ya me había contado que las redes eran famosas por sus líneas generales en forma de mariposa, me quedé fascinada con todo lo que estaba ante mis ojos.

"Van a pasar la noche con nuestros amigos en Pátzcuaro", nos dijo Arturo. "Mañana les ayudarán a conseguir una lancha que las lleve a Janitzio". Luego se dirigió a Filomena, "Para que no tengan ningún problema, mañana tendrán que salir antes de las tres de la tarde. Ya para la tardecita habrá demasiado tráfico en el lago".

Tomando en cuenta sus consejos, al siguiente día a las dos y media nos reunimos a la orilla del Lago Pátzcuaro con nuestras ofrendas. El barquero, un navegante con mucha experiencia en el lago, no se sorprendió de la cantidad de ofrendas que llevábamos. Al contrario, nos dijo que comparado con otras cargas que había llevado a Janitzio, la nuestra era relativamente liviana. Filomena, Griselda, y yo nos sentamos en la proa del barco y los otros, en la popa. Para nuestra sorpresa, la lancha se había construído con estas cargas en cuenta y tenía un espacio en medio del barco donde colocamos la cruz.

Salimos rumbo a Janitzio antes de las tres, y las aguas tranquilas del lago nos ofrecieron un viaje agradable, aunque para esa hora ya se veían cantidades de barquillos que resaltaban hasta el horizonte como manchitas de diferentes colores y tamaños.

"¡Qué suerte! ¡Soy peregrina!" dije para mis adentros.

Mis emociones de niña se abrumaban; y mientras las aguas ondulaban contra las orillas del barco, cerré los ojos, prometiéndome que me entregaría a lo que viniera, y cuando abrí los ojos de nuevo, vi que a poca distancia andaba una tripulación de pescadores cuyas gigantescas redes de mariposa se sumergían con gracia única en las aguas amenas.

Los pescadores se pusieron en línea en busca del famoso pescado blanco del Lago Pátzcuaro y comenzaron a sumergir las redes al unísono—a la derecha, a la izquierda, a la derecha, a la izquierda. Sin más ni más, sentía que estaba entrando en un estado de tranquilidad y pensé que mis padres habían tenido razón: *Aquí pasaría por una limpia espiritual.* En este estado de paz, volteé a ver a Filomena, luego a Griselda, y me di cuenta de que ellas también se hallaban en un estado muy especial.

Seguimos en silencio. Luego, al acercarnos a Janitzio vimos a cientos de peregrinos en las alturas de la isla donde estaba el cementerio. Era obvio que para llegar a la cima, tendríamos que subir por las inclinaciones en terraplenes. Dudosamente Griselda movió la cabeza de lado a lado y señaló la altura de los escalones.

"No te desanimes", le dijo Filomena, "vas a ver que el

esfuerzo valdrá la pena". Para animarnos nos prometió que en la mañana, después de terminar las ceremonias, iríamos hasta mero arriba al balcón donde la vista panorámica sería espectacular.

Al día siguiente, paso a paso fuimos subiendo, abriéndonos camino entre la multitud hasta llegar a la tumba del padre de Arturo. Allí nos acomodamos, sabiendo que ése era el único espacio que podíamos reclamar para nuestra ceremonia.

Mateo se puso a hacer un agujero en la cabecera de la tumba, donde enterró el tallo de la cruz. Filomena, Griselda y yo tomamos turnos poniendo las velas sobre la tumba y cuando terminamos, Lucila arregló las cempasúchiles alrededor de las velas. Felices de lo lindo que se veía todo, esparcimos pétalos amarillos sobre la tumba para hacerla verse aun más bella. Hecho esto, lo único que nos quedaba era poner los cuadros con las fotos de nuestros muertos sobre la tumba. Tan pronto como terminamos nuestros arreglos, Griselda extendió un mantel al lado de la tumba y Filomena nos dio cojines para que tuviéramos algo en qué sentarnos.

Al pasar la noche rezamos rosarios y entre rezos admiramos la belleza que teníamos a nuestro alrededor. Centenares de cruces vestidas de cempasúchiles perfumaban el aire. Por todas partes, el resplandor de las velas brillaba contra la oscuridad, creando una ilusión de paz por todo el cementerio.

Suponía que todos estaríamos en estado de tranquilidad pero de repente Filomena expresó las dudas que ella sentía y nos dijo en voz quedita, "Ninguna de las personas a quienes honramos está enterrada aquí".

Todos guardamos silencio. Pero luego, conmovidas por el regocijo del momento, dejamos al lado las dudas y abrimos nuestras canastas para poner sobre la tumba la comida que traíamos para nuestras almas. Mientras Lucila servía el chocolate en tazas de Tzintzuntzan, yo fui llenando los vasos de agua; y de otra canasta, Filomena sacó la comida que habíamos traído para nosotros. Gozando del momento, por fin, nos pusimos a cenar en silencio.

Con el paso de las horas, comenzamos a cansarnos un poco pero nadie tuvo el mínimo interés en echarse a dormir. Después, cuando la aurora empezó a amarillar el cielo, por aquí y por allá las flautas indígenas comenzaron a darle la bienvenida a la luz del día. Pronto, por todo el cementerio, las notas comenzaron a llamar a los espíritus y a desvanecer cualquier desconfianza que todavía se podría tener.

Apreté los ojos y sin más ni más sentí que estaba viendo a Alejandro con una sonrisa en la cara. Por un instante tuve la impresión de que la Kika se balanceaba en su hombro y que, a la distancia, los pájaros piaban con todo su corazoncito. De repente una llamarada de luz comenzó a cubrirle la cara y en un dos por tres la luz del sol absorbió a la Kika y la cara de Alejandro.

"Lo acabo de ver", le susurré a Filomena.

Despacito, sin voltearse a verme, movió la cabeza. De reojo vi que Griselda también tenía una expresión beatífica y que Mateo miraba a la distancia tranquilamente.

Fue Lucila la única que se levantó y se acercó a Filomena a la vez que le extendía la mano a su hermano. Con una mirada de lo más pacífica, se dirigió Filomena hacia ellos. "Hijitos, ahora más que nunca, sé que tengo que regresar a mi casa en la frontera. ¿Por qué no se vienen conmigo?"

Lucila inclinó la cabeza contra el hombro de su madre y en una voz suave, le explicó que así como ella estaba segura de que pertenecía allá, al otro lado del Río Grande, así ellos, sus hijos, ahora deseaban quedarse en este lugar de perpetua primavera donde se encontraban felices con su nueva familia.

"Ya no te preocupes, Mamá. Todo va a salir bien", le aseguró Mateo.

Filomena empezó a juntar sus cosas, y al verla pensé que jamás la había visto tan contenta. Como si hubiera adivinado mis pensamientos, me dijo, "Ya ves, Nenita, aquí siempre uno encuentra lo que uno busca. Acuérdate: 'Busca y encontrarás'".

IV

A través de los años, Filomena siguió conmemorando los Días de Muertos, no al estilo comunal que se solía usar en su pueblo sino en celebraciones privadas en casa. Como su asistente, yo era su único testigo. En lugar de las preparaciones elaboradas que se acostumbraban en Janitzio, ahora esperábamos hasta la víspera de los días feriados para comprar las cempasúchiles y las otras flores. Éstas las arreglábamos en el altar al lado de las velas de cera de abejas—un regalo de Lucila, quien últimamente solía venir cada año a visitar a su madre.

La noche del primero de noviembre era la única noche del año en que Filomena acostumbraba a dejar la luz prendida en el cuarto de los pájaros, para que sus gorjeos y los sonidos nocturnos dc la Kika pudieran ser una extensión de las otras ofrendas.

En realidad me encantaba nuestra ceremonia privada. Sin embargo, sentía que algo faltaba ya que jamás había vuelto a captar el espíritu de la celebración janitziense. Tampoco me había conectado con Alejandro como en aquel instante matinal cuando todos le habíamos dado la bienvenida al sol. Pero Filomena me aseguraba que aquella experiencia se volvería a repetir cuando de nuevo me enfrentara a la situación con el mismo fervor que había demostrado en Janitzio.

A pesar de los cambios en las ceremonias, sentía que nuestros ritos habían adquirido su propio encanto. En los últimos años, los pájaritos se habían multiplicado con varias crías al año y, al amanecer y al anochecer, sus cantos hacían que el hogar de Filomena pareciera una caja de música. Y aunque esos conciertos se oían a distancia de varias cuadras, hasta ahora nadie se había quejado de aquellos sonidos. Al contrario, los niños del vecindario se sentían atraídos al "Aviario Amarillo", el nombre con el que se referían a la casita de Filomena, y se venían volando hacia ella.

Al principio, cinco o seis niños se juntaban en la acera al crepúsculo, esperando a que los pájaros comenzaran a despedirse del día. Con el tiempo se fueron arrimando más y más niños y una tarde Filomena encontró a unas veinte criaturitas arrebujadas afuera, todas fascinadas con la armonía de las aves.

"Si me prometen quedarse quietos, los dejaré entrar", les dijo, abriéndoles la puerta. Y los niños, cuchicheando entre si, entraron uno por uno de puntillas a la mágica casita de Filomena.

En su jaula, la Kika gritaba de alegría al ver a los visitantes, y los otros pájaros estimulados por los niños trinaban sus canciones en un espléndido sincronismo. De allí en adelante, Filomena les abría la puerta a todos sus amiguitos, y los niños seguían bajo el encanto de las luces y los inciensos. Al principio, sólo uno que otro niño rezaba con nosotras; pero con el tiempo, se fueron agregando las vocecitas de todos los chiquillos que se amontonaban en el pequeño cuarto. Al unísono, repetían las letanías que Filomena rezaba en un tono suave: "Rosa Mística . . . Reina de la Paz . . ."

"Ruega por nosotros", en una voz respondían los niños.

V

Mientras caminábamos a su casa con nuestras canastas de flores, Filomena me comentó que había invitado a todos los niños del barrio a participar en las conmemoraciones pero no sabía quiénes vendrían. Hasta ahora, la mayoría de esos niños sólo habían celebrado el día a lo católico, lo que para ellos significaba ir al cementerio con la familia a poner flores en las tumbas de sus parientes muertos.

"¡Qué sorpresa tienen por delante!", le comenté a Filomena y ella asentó con un movimiento de la cabeza a la vez que me indicó que escuchara. Hasta acá, una cuadra de su casa, nos llebagan los cantos de los canarios y los pinzones, y éstos iban aumentando con cada paso que dábamos. Al entrar a la casa, sentimos que los píos y los trinos eran interminables.

Con este concierto al fondo, empezamos a prepararnos para la celebración. Distribuímos floreros con cempasúchiles en los tres niveles del altar y en el mero centro pusimos el pan de muerto. Luego colocamos velas por toda la casa—en el altar, en la jamba de las ventanas, en las mesitas. Cuando Filomena me asignó a prender las velas cuando oscureciera, me llené de alegría. En unas horas, la única luz que tendríamos sería la de candela y sólo el pórtico donde estaban los pájaros se iluminaría con luz eléctrica. La Kika, presintiendo lo que iba a pasar, volaba de cuarto en cuarto, chillando con anticipación.

Por fin, comenzaron a llegar los niños.

Rosita y Laura, de la casa contigua, fueron las primeras. Como regalo, las dos traían una calavera de azúcar con nuestro nombre en la frente. Luego, Pepe y sus cuatro hermanos llegaron con cinco candelabros para el altar, cada uno en forma de un árbol de la vida. El hijo de Zacarías trajo una flauta de carrizo y las cuatro hijas de Micaela aparecieron con su propio tamborín. Aura, mi mejor amiga, y sus hermanos trajeron miniaturas de músicos en forma de esqueletos de yeso. Patricia y Adriana me trajeron una sorpresa especial—una pequeña cruz de madera que habían decorado con cempasúchiles de papel de crepé amarillo. Hasta Verónica nos sorprendió con su visita. Llegó con cuatro servilletas que ella misma había bordado, las que Filomena usó para tapar el pan de muerto. Pronto la casita se llenó de niños, cada uno hincado en frente del altar.

Con la Kika al hombro, Filomena se puso a rezar las oraciones para los muertos, y muy suavecito, Marcos empezó a tocar la flauta y las Miranda a acompañarlo con sus tamborines. A la vez, el cuarto se fue saturando con los olores del incienso y de las flores y las velas. Los pajaritos, estimulados con los sonidos, se echaron a cantar y despacito, despacito, sus diferentes trinos se fueron armonizando. Yo, llena de regocijo, entré en un estado de éxtasis.

Las notas de la flauta fueron subiendo más y más hasta llenar las cuatro esquinas del cuarto. A la vez, la música de los pájaros se armonizaba en un estado de perfección y, sin más ni más, los timbres y los vapores comenzaron a girar en remolino hacia la ventana, llevándose hacia la oscuridad de la noche los trinados de los pajaritos y los chillidos de la Kika. De repente la imagen de Alejandro empezó a tomar figura frente a mis ojos y, al instante, abandonando el hombro de Filomena, la Kika voló al altar donde se posó al lado de la foto de Alejandro. Atisbando el pecho encarnado y los cachetes azulados de la Kika, supe que Alejandro finalmente había regresado de nuevo a su hogar. Llena de piedad, terminé mi rezo. "¡Amén! ¡Amén! ¡Amén!"

VI

Diez años más tarde, de pura coincidencia, regresé de la universidad a casa el día después de que Filomena sufrió otra muerte.

Tan pronto como la saludé, me dijo sin ningún aviso, "la Kika se murió anoche".

"¿Cómo? ¿No te lo puedo creer? ¿Qué le pasó?"

"Murió de pulmonía".

Yo tenía entendido que las pericas amazonas vivían una vida

muy larga, y había supuesto que a la Kika le quedaban muchos
años de vida. En estado de incredulidad, dejé que Filomena me
guiara a la cocina. Allí me señaló una caja barnizada llena de
semillas y granos—la alimentación favorita de la Kika. Sobre la
comida, Filomena había tendido a su gran amiga.

Se me llenaron los ojos de lágrimas mientras escuchaba el
silencio de la casa, maravillada de que los otros pájaros también sintieran la muerte de su compañera. Los únicos sonidos
venían de Filomena, quien me contaba su sorpresa al encontrarse a la Kika de espalda, con sus garras empuñadas. Su
primera reacción había sido tomar a la Kika en sus brazos y
mecerla de un lado a otro. Luego, después de varias horas
aceptó que la Kika había muerto. Sin embargo, no estaba dispuesta a dejarla ir todavía y hasta le llamó a un taxidermista.

Pero, al reflexionar que la Kika había expresado su gran
naturaleza de pájaro precisamente a través del movimiento,
volando de cuarto en cuarto, chillando sus alaridos raspantes,
aceptó que sus recuerdos de la Kika le bastarían.

Con resolución, Filomena me dijo, "La Kika fue un regalo
magnífico de mi querido Alejandro. Espero que los dos estén
juntos ahora".

Nos llevamos a la Kika en su caja barnizada al jardincito de
atrás y la enterramos debajo de un nogal. De rodillas, empare-
jando la tierra, oímos a los pinzones empezar a arrullar, y uno
y otro, los demás pájaros empezaron a imitarlos.

"También se despiden de su amiga", me comentó. A la vez,
sobre la tierra fresca, trazó la señal de la cruz y en voz templa-
da murmulló, *"Requiescat in pacem"*.

VII

Filomena y yo conversamos por horas, recordando a Alejandro y a la Kika. Luego, cuando me encontré sola, me puse
a reflexionar sobre los días que acababan de pasar, y volví a

reafirmar lo que había venido a buscar.

Últimamente me sentía confusa a causa de lo que pasaba en una de mis clases, pues el profesor era bastante cínico y su rechazo total a la tradición espiritual me tenía desconcertada. A pesar de las conversaciones con varios estudiantes que me ayudaron a poner mis ideas en perspectiva, aún así seguía incómoda. Sentía que el peso de las nuevas imágenes que se iban grabando en mí me agobiaban y, por primera vez, sentía que no tenía control sobre lo que me estaba pasando.

Días antes de volver a casa había ido a la capilla de la universidad a tratar de recuperar las reacciones familiares que solía tener en los espacios sagrados. Sin embargo, soló logré quedarme muda ante las estatuas austeras en el altar y acepté que allí no iba a encontrar consuelo. Me fui por la nave angosta hasta afuera y al caminar recordaba algunos de los rituales que había compartido con Filomena durante el largo transcurso de mi niñez.

Supe, entonces, que necesitaba volver a aquel espacio.

Y ahora me encontraba con que la Kika se había ido, igual como se había ido Alejandro hacía ya tantos años.

Era obvio que no estaba sacándole provecho a la visita de la manera en que esperaba y me fui a conversar con mi madre.

"Filomena acepta todo lo que le trae la vida", me quejé con mi madre. "Para ella, lo único que vale es 'la voluntad de Dios'. Me parece demasiado pasiva".

"Quizás lo sea", me contestó, "Pero debes tomar en cuenta que es una de las personas más equilibradas que jamás vas a conocer. A pesar de los golpes que ha recibido de la vida, sigue adelante con una sonrisa en el alma".

Al escuchar a mi madre, supe que los hechos del fin de semana no me iban a ayudar de ninguna manera a resolver mi situación. Consciente de que la Kika había sido mi eslabón tanto a la memoria de Alejandro como a muchos otros recuerdos de mi niñez, su muerte me había dejado profundamente triste. Además, la manera en que Filomena de nuevo había aceptado con una tranquilidad inexplicable la muerte de uno de sus seres queridos me había desconcertado mucho. ¿Sería posible que para Filomena la Kika no tuviera el valor que había tenido para mí? ¿Y las personas a quienes la muerte le había arrebatado? ¿Qué significaban para ella? ¿Estaría allí la clave para entender por qué años atrás se había podido separar de sus hijos? Y si yo me fuera para siempre, ¿reaccionaría con la misma ecuanimidad?

Estas dudas de lo que tan firmemente había creído mientras crecía hacían atractivos los nuevos conceptos filosóficos que iba conociendo en mis clases. Sartre, Camus, Sábato, Beckett. Sobre todo, admiraba la capacidad de estos escritores para hacerse las preguntas esenciales acerca de la existencia. También me sentía atraída a la idea de que el sentido de la vida resta en la acción. Sin embargo, al considerar por largo tiempo las ideas de estos filósofos, llegué a la conclusión de que sus teorías acerca del vacío y de lo absurdo surgían de un mundo en agonía y no sentaban bien con mi manera de ver el mundo.

Cuando se lo comenté a una de mis profesoras, ella me dijo que tenía que seguir indagando todo lo que iba aprendiendo.

"Mira, de lo que me has contado de tu vida, creo que te va a gustar este cuento".

Se sonrió al pasarme su copia de *Trois contes.* "Lee 'Un cöeur simple', la obra maestra de Flaubert. Te vas a dar cuenta por qué te la estoy recomendando".

De curiosidad, esa misma tarde me puse a leer la *novella,* y al enterarme de la historia de Félicité y su lora, Loulou, a quien estaba muy apegada, entendí por qué mi profesora me lo había recomendado. Es la historia de Filomena, me dije en voz alta más de una vez, al enternecerme con aquella sirvienta de buen corazón que pasó la vida en aislamiento, tanto físico como sicológico. Al envejecerse, Félicité se fue tornando más y más solitaria, lo que hizo que la Loulou llegara a tomar importancia suprema en su vida. En sus últimos momentos, Félicité llegó a creer que la gente se había confundido al pensar que la paloma era el símbolo del Espíritu Santo cuando en realidad ese honor le pertenecía a la lora. Convencida de que su Loulou era una extensión de la divinidad, Félicité logró transformarla a la imagen de Dios y, al fin de la historia, al momento en que el alma de Félicité entra al cielo en una nube de incienso, ella se encuentra con una lora inmensa. Ésta abre las alas y recibe en un abrazo el alma pura de Félicité.

Conmovida, cerré el libro.

Me admiré de que Flaubert hubiera tratado la fe de una sirvienta humilde con tanta honestidad, y llegué a la conclusión que en realidad no importaba si hubiera o no hubiera encontrado respuesta en ese cuento. Entendí que necesitaba poner en alto las abstracciones filosóficas, y comencé a involucrarme en acciones tangibles. Mis nuevos intereses se fueron enfocando en actividades de la comunidad donde encontré un sentido fuerte de autenticidad. Fue en las artes de la comunidad donde me sentía más a gusto y por mucho tiempo me asocié con varias de sus expresiones: exposiciones coloridas en los parques, lecturas de poesía en centros culturales, coordinaciones de bailes folklóricos para niños. Sentía que todo esto me conectaba a un colectivismo público, mucho más de acuerdo con las experiencias de mi juventud.

Pero llegó el día, inesperadamente, en que me desalenté con una nueva expresión folklórica. Allí, en una mesa debajo de un árbol de magnolia, me encontré con docenas de aretes coloridos. Su creadora los había hecho de tal forma que asemejaban a los altares folklóricos que estaban de moda entre muchos artistas. Al acercarme a la mesa, vi que la artista-vendedora traía puesto un par de sus propios aretes y fijé los ojos en el llavero de cuero en el cual ella había pegado una lámina con una imagen pequeña de la Virgen de Guadalupe.

Su "altar" era como de una pulgada cuadrada. En las orillas, la artista había pegado piedrecitas y cuentas de vidrio en rojo, verde, y blanco para aparentar las luces alrededor de los altares populares que se encontraban en muchos pueblos mexicanos. Sorprendida de lo que veía, me asombré aun más, al escuchar a la artista decir que había vendido dos docenas de aretes en dos horas. "Pero mis amigos me aconsejan que jamás los use en México", me dijo, con una risa. "Es posible que se ofendan, que crean que he sacado su símbolo nacional fuera de contexto".

Irritada con su actitud, le contesté, "Pues, te confieso que a mí tus aretes me provocan una reacción fuerte. ¿No crees que representan una falta de respeto a las creencias del pueblo? Tengo una amiga muy querida que se sentiría triste al ver que te estás burlando de su respeto a las imágenes religiosas. Para ella, su fe es profunda y personal".

"¡Oh, no! No entiendes", la artista me respondió, "ésta es precisamente mi manera de mostrar respeto a las creencias populares de tu amiga. Yo crecí en una metrópolis inmensa. Así que nunca he tenido contacto directo con esa religión tradicional que mencionas. Por lo tanto, ésta es mi manera de honrar esa experiencia".

Me sonreí al abrir mi bolsa. "¿Cuánto cuestan los aretes?"

Con mi compra en la bolsa, me fui abriendo camino por los puestos de artesanías y al andar, frotaba los dedos sobre la imagen con su lisa lámina. No debería haber gastado mi dinero en esto, me dije a mí misma. Enseguida pensé que quizás algún día se los regalara a Filomena pero al instante sentí vergüenza por formular tal idea. Solamente a alguien de esa mega-metrópolis se le podrían haber ocurrido estas creaciones de tan mal gusto, me dije a mí misma.

Mirando a mi alrededor, eché un vistazo de una mesa a otra y admiré como el arte del pueblo lucía bonito en los puestos urbanos por los que caminaba. Al otro lado del parque, un conjunto tocaba su música altisonante en instrumentos electrónicos, y por aquí y por allá el humo dulce de mota revelaba su presencia. De repente alguien dejó volar docenas de globos llenos de helio y me paré para admirarlos, hasta que desaparecieron en la distancia lejana.

Al observar la escena, me preguntaba si siempre iría de una crisis a otra, y volví a pensar en Filomena. Qué diferentes eran nuestras reacciones a la vida. Filomena siempre se había guardado firme antes las calamidades concretas que había sufrido y sabía encontrar consolación en sus altarcitos. Yo, al contrario, pensaba que era la instigadora de lo que me pasaba y hasta me iba olvidando de aquellos altarcitos de mi niñez.

Inspirada por el arte popular que acababa de ver, rumbo a casa me paré en una tienda de variedades a comprarme un paquete de colores, y esa noche me pasé horas dibujando una imagen inmensa de la Kika: su plumaje verde y espeso, su cabeza amarilla, sus chachetes azules, y su pecho carmesí. Satisfecha, froté mis dedos varias veces sobre la imagen de cera, luego la doblé en un cuadrángulo grueso y la metí en una botella de vidrio. Lista para taparla, me acordé de los aretes. Al fin y al cabo, servirán de algo, murmuré al echarlos en la botella.

Con la botella en la mano, caminé hacia el carro para luego manejar en dirección de un bosquecillo de eucaliptos cercano. Ante mí, la carretera daba una vuelta tras otra. Como no venía ningún carro detrás de mí, iba de lo más despacito, guiándome por los olores de los árboles que se ponían más y más densos entre más alto subía. De repente, la luz de la luna se filtró por los árboles e iluminó un tronco en particular. Éste se elevaba sobre los otros, y allí me estacioné, a su lado.

Un sonido cercano, el de un búho, resonaba entre los árboles y al recordar que los búhos anuncian la muerte, me desconcerté un poco. De repente sentí que unas voces entre los árboles me alertaban. "¡Flores para los muertos! ¡Flores para los muertos!"

Traté de no prestarle atención a las voces y escarbé un

pequeño hoyo debajo del árbol que la luna me había señalado. Luego agarré la botella. Al enterrarla, oí un chillido y pensé al instante en el grito altisonante de la lechuza blanca de mi juventud. Incierta, por varios momentos escuché los ruidos. No, decidí, no era la lechuza sino otro pájaro nocturno, tal vez la zumaya. Al pararme, el viento crujió entre las hojas y sobre el tronco de un árbol, una lagartija corría precipitadamente.

Caminé al carro, consciente de que las voces me venían siguiendo.

"¡Flores para los muertos! ¡Flores para los muertos!"

Decidí no voltear hacia atrás y seguí adelante.

LEONOR

Los Luna

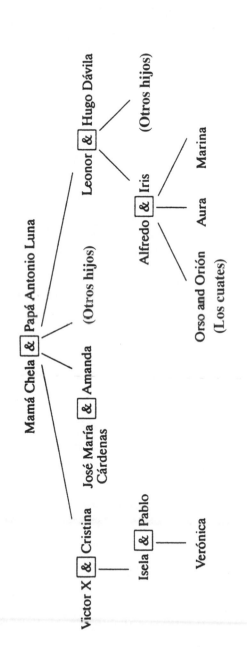

Ensanchada de niebla,
La luna
sube
sube.
Y el olor del mar espumado
se empaña de neblina.
En la playa
Coyote reune fragmentos de sueños.

Judith Ivaloo Volborth

Leonor

I

Las lagartijas llegaron con las inundaciones que arruinaron su jardín. De esto estaba convencida Leonor. La casa siempre había atraído lagartijas, pero sólo en el último año se habían proliferado en proporciones epidémicas, sobre todo, en la pared que daba al río. "Es lo único que me faltaba", murmuraba Leonor, cansada de ir de una castástrofe a otra.

Apenas había puesto su jardín en orden cuando un incendio destruyó la habitación de sus nietos, Orso y Orión. Por fortuna, el fuego no se había extendido por el resto de la casa; sin embargo, Leonor había perdido varias cajas de recuerdos que tenía guardados en el lugar donde el corto circuito había ocurrido. Además de la pérdida de los papeles, también se le había dañado la pared que daba al sur. Parte de ésta hasta se había encarboneado.

Al templarse las llamas, Leonor, Aura y yo habíamos sido testigos de la validez de una creencia popular—que las largartijas pueden correr por paredes ardientes sin hacerse daño a si mismas. Admiradas, habíamos visto a los animalitos entrar a las cenizas ardientes para luego escaparse sin ninguna herida. Al contrario, parecía que el incendio las había hecho reproducirse en cantidades inesperadas, y con la reconstrucción de la pared, el estuco fresco atrajo aún más a los pequeños reptiles. Desde entonces se habían ido multiplicando con más rapidez que antes.

Fascinadas con todo esto, Aura y yo empezamos a inventarnos nuevos juegos con las lagartijas. Primero, les dábamos pequeños empujones para hacerlas cambiar de color; luego las dejábamos desaparecer entre los helechos que crecían al lado de la pared y, por fin, cuando los animalitos salían de su escondite, nos quedábamos inmóviles hasta que se acostumbraban a nuestra presencia. De sorpresa las asaltábamos y agarrábamos por la cola a todas las que podíamos, y aunque la mayoría se torcían libres, lográbamos quedarnos con algunas. Éstas daban un chillido; luego se liberaban, separándose de la cola para irse corriendo de nuevo hacia los helechos.

Casi adolescentes, Aura y yo usamos este juego para aferrarnos un poco más a nuestra niñez y el resultado fue nuestra primera colección de lagartijas. En realidad, ni una ni otra estaba realmente interesada en guardar lagartijas, especialmente al darnos cuenta que nuestras prisioneras se secaban en los frasquitos donde las guardábamos. De pura casualidad, descubrimos que las podíamos mantener vivas si les hacíamos agujeros a las tapaderas de los frascos, y si las alimentábamos con arañas, caracoles, o escorpiones. Confieso que este descubrimiento no nos interesó mucho, y decidimos que de allí en adelante nuestra colección consistiría solamente de colas de lagartijas.

Sin embargo, pronto nos aburrimos con esta actividad y nos inventamos algo que verdaderamente nos hacía chiste, y con hilitos de nilón atamos las colitas secas a palos de carrizo. Ahogándonos de risa, alternábamos colas de lagartijas con pedacitos de algodón de diferentes colores. Un día hasta se nos ocurrió colgar nuestras banderinas al lado de las ventanas de nuestra habitación donde conversábamos por horas mientras el viento hacía que las colas secas y las tiras de algodón ondularan libremente en el aire.

A Leonor le hacían gracia nuestras ocurrencias y quedó tan

animada que nos prometió mostrarnos pronto su propio escondite. En cuanto estuviéramos listas, nos dijo, ella nos admitiría a su cuarto de espejos. Allí, con sólo dejar a un lado las dudas, todas las fantasías se podían realizar.

II

Leonor Luna era la persona más intrigante de la familia. Mi trato con ella dependía en gran parte de que ella era hermana de Amanda, la esposa de mi abuelo. Además, Leonor era la abuela de Aura, mi mejor amiga, y a causa de estas relaciones, yo trataba a Leonor como si fuera mi tía abuela, lo que le parecía agradar muchísimo. Aura y yo éramos tan buenas amigas que nos portábamos como si fuéramos gemelas y Leonor hasta comenzó a referirse a las dos con el apodo "Estrellita". Para mí era obvio que mientras estaba en su casa, donde pasaba parte de mis vacaciones escolares, Leonor no hacía ninguna distinción entre sus nietos y yo.

Ella tenía dos pasatiempos que consumían gran parte de su energía—sus barajas y su jardín. El jardín lo había heredado de su madre, y su conocimiento de las barajas de su abuelo. En realidad, se ganaba la vida de ambas actividades. En la parte privada del jardín cultivaba sus hierbas, y alquilaba el resto del jardín y la terraza para funciones sociales; y en su cuarto para reflexionar, donde se dedicaba a sus intereses espirituales, daba sesiones privadas de adivinanzas.

Leonor tendía a ser extrovertida, y a veces sus acciones la llevaban hacia lo esotérico. Su espiritualidad me confundía un poco porque me costaba trabajo relacionar sus creencias a las de las otras personas con quienes yo trataba—Filomena, en particular.

Mi iniciación a su mundo tomó lugar una tarde en junio cuando Aura y yo andábamos buscando unas colas de lagartijas que se nos habían estropeado cerca de los helechos. En ese momento, Leonor pasó y, viéndonos en cuclillas, nos jaló por las trenzas hasta que nos pusimos de pie. "¿Cuántas lagartijas han deformado hoy?", nos preguntó entre risas, "Ya dejen en paz a esos animalitos y vengan a ayudarme".

Aura y yo la seguimos hacia la terraza mientras ella nos contaba sus planes para los próximos días. "El 21 de junio, los Osuna van a tener una gran fiesta aquí. Y aunque casi tengo todo bajo control, se me ocurre que ustedes me pueden ayudar con las luminarias. Melchor va a poner luminarias por la banqueta que va desde la terraza hasta al portal al fondo del jardín. También le voy a pedir que ponga unas cuantas en el camino que da al río".

Comenzó a mostrarnos lo que quería que hiciéramos. Sacó dos tazas de arena de un bote que tenía en la terraza, y metió la arena en una bolsa de papel. Luego, puso una vela dentro de un vaso de vidrio y acomodó el vaso dentro de la bolsa. "Ven qué fácil es esto. Entre todas podemos ayudarle a Melchor, llenando las bolsas con la arena y la vela. Luego, pasado mañana ustedes podrán ayudarle a arreglar las luminarias por todo el camino. Así lo único que le quedará a él será prender las velas un poco antes de que lleguen los invitados. Las velas durarán prendidas una hora, u hora y media, por lo menos".

"Claro que le podemos ayudar", le contestó Aura.

"Así me lo imaginé".

De repente, poniéndose muy seria, Leonor nos habló en una voz de conspiración. "Tengo otro favor que pedirles. Quisiera que dejaran de juntar colas de lagartijas. Por varios días, mis cartas me han estado dando avisos".

"¿Acerca de nuestras lagartijas?", le pregunté casi incrédula.

"No, no. No necesariamente acerca de ellas. Pero, no hay por qué andar dejando vibraciones negativas. Últimamente, cada vez que leo las cartas, siento que algo no está bien.

Primero, surgen las cartas con señales de agua, luego salen las que tienen que ver con el fuego. Siguen las del viento. Y, por fin, las que avisan que la tierra se va a mover. Esto me hace pensar en lo que pasó el año pasado cuando el espíritu del río hizo que se derramara. ¿Se acuerdan cómo el río destruyó gran parte de mi jardín?"

Leonor se quedó mirando a Aura mientras confesaba sus dudas. "Me he puesto a pensar en el incendio que ocurrió en el cuarto de tus hermanos. ¿Te acuerdas? ¿Cuando las lagartijas cruzaron por el fuego sin hacerse daño? También he notado que en estos últimos días las lagartijas se han estado multiplicando sin control. Por eso, les pido que quiten sus banderitas de la ventana. Ustedes saben que yo le tengo gran respeto a la constelación del Gran Lagarto, a la que algunos llaman 'La Gran Lacerta'".

"Pero, Leonor ya arregló el cuarto de Orso y Orión. Y su jardín ahora está más bonito que antes".

"Ya lo sé, Nenita. Pero sin embargo tengo gran fe en mis barajas, y ellas me están mandando avisos de algo que todavía no llego a adivinar".

"¿Por qué no deja que sus barajas descansen un rato?" le sugirió Aura.

"Imposible, Estrellita. Yo conozco mis barajas y sé que me han servido bien. Papá Antonio me las pasó envueltas en una tela de seda de color violeta cuando yo tenía trece años. Para ese entonces, sólo Amanda y yo quedábamos en casa. Mamá Chela le enseñó a Amanda a leer hojas de té, y Papá Antonio me pasó a mí su conocimiento de las barajas. Toda mi vida he respetado los avisos que me mandan".

Me dirigí a ella con gran curiosidad. "Leonor, ¿Qué piensan sus hermanos y Amanda acerca de sus cartas de tarot?"

Encogió los hombres. "En realidad no lo sé. Pero, acuérdate que no importa lo que piensen los otros. Según la tradición, en cada generación el poder se pasa únicamente de una persona a otra. Mi bisabuela le pasó este conocimiento a Papá Antonio cuando él también tenía trece años. Fíjate nomás, eso ocurrió allá por el año 1840. Papá Antonio escogió a la Tía Concha como su heredera. Pero Concha murió de una fiebre en 1913, a los cincuenta y seis años. Por razones que nunca pude llegar a saber, ella no pasó el antiguo conocimiento a ninguno de sus hijos. Para esos días, se pueden imaginar qué anciano estaba Papá Antonio pero su edad no le impidió pasar la tradición, y me escogió a mí para que la continuara.

"Todos los días, a las cinco de la tarde me hacía sentarme a su lado para enseñarme lo que significaba cada carta. Por fin, quedó convencido de que yo sabía todo lo necesario. Un año después, cuando murió a los ochenta y siete años, se llevó su secreto consigo porque casi nadie sabía de su talento. Ya ven, él no interpretaba para los ajenos así como yo acostumbro a hacer.

"Desde que perdimos las tierras, la gente de aquí conocía a Papá Antonio primariamente como político y sabían que él luchaba por los derechos de nuestro pueblo. Un poco antes de que se llevara a cabo el cambio de gobiernos, sus hermanos se establecieron al otro lado del río, igual como hicieron muchos de los otros tejanos que no querían ser parte del botín. Éstos fundaron comunidades al otro lado del río, contiguas a las que ya existían por acá. Pero Papá Antonio decidió quedarse de este lado de la nueva frontera. Según él, alguien tenía que luchar contra los sinvergüenzas que habían venido de afuera. Obviamente, perdió la batalla pero para entonces él ya había reclamado lo suyo. Para empezar, construyó esta casa como símbolo de su fuerza.

"Papá Antonio era una persona llena de vida, y su casa siempre fue un centro de actividad política. Cuando la revolución estaba a punto de estallar, él y Mamá Chela tenían sus ochenta años, pero la edad no los limitó de ninguna manera. Con frecuencia, daban fiestas en las que hacían propaganda en favor de los revolucionarios. Yo era una escuincla, pero tengo mis buenas memorias de los fandangos en que participé. En una ocasión los músicos tocaron hasta las cinco de la mañana, luego se salieron a la calle. Todos los seguimos y el baile continuó en la calle por varias horas.

"En otra ocasión, cruzamos el puente en grupo y marchamos hasta la estación de ferrocarriles donde le dimos la bienvenida a don Ricardo Flores Magón. Después de eso, los rinches comenzaron a patrullar el vecindario día y noche. Pero sabían con quien trataban. Los malditos nunca arrestaron a Papá Antonio aunque sí se llevaron a muchos de sus amigos. Él solía decir que las cartas siempre le favorecían. Para mí, él era invencible".

"¡Me encanta oír de su Papá Antonio!", le comenté.

"Sí, Nenita, era inolvidable", me respondió. Luego se dirigió a Aura. "Por eso tu abuelo se pasa todo el tiempo leyendo documentos de la generación de Papá Antonio. Tiene su colección de fotografías, y piensa recopilar todo este material en un libro. Hugo dice que va a contar la historia de nuestra región".

Por un instante, Leonor se puso quieta, luego cambió de tono. "No sé. A veces tengo mis dudas. No sé si lo que estamos haciendo es lo más adecuado. Aquí me tienen a mí. Con mis cartas, yo descifro el futuro. Y allí está Hugo. En su despacho con todo su papeleo, él trata de interpretar nuestro pasado. Si no nos damos cuenta, uno de estos días se nos va a ir el presente por entre los dedos".

Con eso, Leonor volvió a lo que estábamos haciendo. Señaló la cantidad de luminarias que acabábamos de preparar, y nos dijo, "Hablando del presente, miren todo lo que hemos hecho mientras platicábamos. ¡Docenas y docenas de luminarias! Le estamos preparando una gran fiesta al Paco Osuna, aunque de seguro él no se la merece".

"¿Por qué dice eso?", le preguntó Aura.

"Ay, Estrellita, un día te darás cuenta de que el Paco Osuna hace arreglos por todos lados. Juega con los del partido viejo igual que con los reformadores. Para Papá Antonio, un político como Paco Osuna hubiera sido uno de 'los peligrosos'". Con frustración en la voz siguió diciéndonos, "Bueno, ésta será una fiesta a la que yo no voy a asistir. Osuna está pagando por los servicios que le estamos dando, y va a recibir todo lo que le toca, pero su dinero no cubre mi presencia".

"¿Y nosotras no podemos participar tampoco?" La decepción en la voz de Aura era obvia.

"Ah, pero tengo algo mil veces mejor para Uds. Mientras Osuna esté celebrando su fiesta, nosotras vamos a celebrar el solsticio de verano en otra parte de la casa. Tendremos nuestra propia ceremonia, y será inolvidable. Pero les advierto—tienen que hacer exactamente lo que yo les diga. ¿Me lo prometen?"

"¡Sí!", le contestamos a una voz.

III

Después de pasar la tarde ayudándole a Melchor con las luminarias, Aura y yo nos fuimos a descansar. Para entonces, teníamos mucha hambre pero no comimos nada porque según las órdenes de Leonor teníamos que presentarnos en el reflectorio en ayunas. En nuestro cuarto encontramos un enjuague de manzanilla y, a su lado, una nota que nos decía cómo nos lo pusiéramos en el pelo. Seguimos las instrucciones, y luego nos sentamos en el pórtico para que la brisa nocturna nos secara el pelo. Poco antes de la hora en que nos tocaba ir al reflectorio, de nuevo seguimos más instrucciones y nos ayudamos una a la otra a trenzarnos el pelo.

Cuando las campanas de la iglesia anunciaron las nueve, sacamos nuestros trajes de ángel, y cada una se puso el suyo. Tan especial era ese traje de nilón blanco con un decorado de cinta dorada al cuello y a las muñecas que sólo lo habíamos usado el día en que habíamos encabezado la procesión de los niños que hacían su primera comunión. Leonor nos había asegurado que a pesar de lo lindo que eran los recuerdos de aquella procesión, nuestra visita a su reflectorio sería una experiencia aún más impresionante, algo que parecía a la vez sacrílego y atrayente.

Completamos nuestro traje con una coronita de gardenias y listones blancos y nos fuimos caminando descalzas por el pasillo. La música que venía desde la terraza, por un instante, nos hizo sentirnos desilusionadas de no poder ir a la fiesta pero la expectativa con que íbamos nos animó a seguir adelante, y nos fuimos hacia el lugar que hasta entonces había guardado los secretos de Leonor.

Cuatro veces sonamos quedito en la puerta. Por fin una voz nos dijo que entráramos y mano a mano pasamos al mágico cuarto.

En el mero centro del cuarto que parecía inmenso, dos mesas largas formaban una X, puesto que en el punto en que las mesas se cruzaban había un entresacado, y en el hueco estaba sentada Leonor. En tres lados del cuarto había espejos desde el cielo hasta el suelo y, detrás de Leonor, la única pared que no tenía espejos estaba pintada de color turquesa. Contra esa pared estaba un inmenso candelabro blanco que, a la vez, formaba un árbol y una pirámide. En los extremos del árbol, candiles transparentes contenían velas rojas cuyas llamas creaban la ilusión de infinidad por el reflejo que hacían en los espejos. Sentí un escalofrío, y me puse muy atenta.

Al oler las velas y el aroma de pino y ocotillo que descendía de los incensarios, me sentí más confusa de lo que ya estaba. Pasé la vista desde el árbol blanco a los incensarios, luego a las velas. Había tantas distracciones en el cuarto que decidí mejor concentrarme en Leonor aunque casi no la reconocía en su velo y su vestido morado que ondulaba cada vez que movía las manos. De paso miré en uno de los espejos, y noté que la mirada de sorpresa que Aura tenía en la cara era idéntica a la mía.

"Siéntense. Una a cada lado". Con las manos, Leonor nos invitó a que nos sentáramos frente a ella.

A la derecha de Leonor, Aura se sentó en una silla sin espalda; a su izquierda, me senté en otra silla idéntica. Sonriéndose, Leonor no decía nada. Lentamente fue poniendo las manos sobre una caja de sándalo con incrustaciones de concha nácar. Abrió la caja, y de ella sacó otra más pequeña forrada de una tela de seda morada con un fleco de chaquira. Empezó a desenvolver la tela, primero a la derecha, luego a la izquierda. Al mismo tiempo, entonaba sonidos extraños a mis oídos. Una vez que la tela quedó desenvuelta, descubrí que la caja contenía unas cartas de colores brillantes.

Por fin Leonor comenzó a instruirnos. "Estamos pasando por la noche más corta del año. En esta noche, en que la Corona Norteña relumbra con la luz más brillante de todo el año, les voy a ayudar a prepararse para un viaje que pronto empezarán. Me voy a preocupar primero de una, luego de la otra".

Leonor le pidió a Aura que cortara las cartas. Luego ella misma las barajó y las distribuyó en un diseño que yo nunca había visto. "Aquí tienen la cruz de Quetzalcoatl", nos explicó. "Ahora, vamos a empezar".

Mientras Leonor nos guiaba por el viaje de nuestra vida, el tiempo pasaba sin que lo notáramos. "Quiero que le pongan mucha atención a las preguntas que me hagan", nos advirtió, "pues, si no articulan bien la pregunta, no pueden llegar a la respuesta que necesitan. El desafío más grande que tienen por ahora va a ser la manera en que me hagan sus preguntas".

Leonor conversó con Aura por mucho tiempo mientras yo sólo observaba lo que pasaba. A veces tenía la impresión de que Leonor se pasmaba al ver las cartas que le habían tocado a Aura pero ella hacía como que no lo notaba.

Cuando me tocó mi turno, hice preguntas muy similares a las que Aura había hecho pero si las respuestas que me daba Leonor eran una indicación de lo que iba a pasar, era claro que pronto nos embarcaríamos en la vida por diferentes rumbos. Mi jornada se iba a identificar con la Encantadora y la aventura. La de Aura, al contrario, se relacionaría a la Madre Tierra y ella iba a pasar por varios cambios de piel.

Lo que nos decía Leonor no tenía ningún sentido en ese momento, y pasaría mucho tiempo antes de que yo me diera cuenta de su validez.

Pero claro que no la contradijimos para nada. Al contrario, estábamos fascinadas con lo que nos contaba, especialmente cuando empezó a echarse las cartas a sí misma. Por unos segundos, guardó silencio; luego, con tono de desengaño, murmuró, "Lo mismo de siempre. No importa cuantas veces me las eche, siempre me dicen lo mismo. Que un movimiento de la tierra va a derrumbar la casa pero que para cuando ocurra esto, yo ya no estaré en ella".

Con esto, Leonor metió las cartas en su caja. Mirándonos fijamente, nos dijo, "A ver, ahora párense y denme la espalda". Al instante, Aura y yo la obedecimos.

Mirando en el espejo, la vi sacar un par de tijeras de una pequeña caja. Sin más ni más, dio una tijeretada. En seguida, dio la otra. Sentí la cabeza muy ligera, y al voltearme vi que Leonor estaba envolviendo las trenzas entre paños de seda de color purpurina. Fue tan inesperado su gesto que tuvo tiempo para explicarnos lo que hacía antes de que pudiéramos reaccionar.

"Fíjense, mis hijitas", nos explicó. "Así como las lagartijas crecen una cola nueva sin esfuerzo, así su pelo les volverá a crecer. Yo les he cortado su trenza para conmemorar una nueva etapa en su vida. Espero que este acto también les sirva como recuerdo de que toda transformación siempre regenera la vida. Acuérdense que nada en realidad se pierde. La energía no desaparece, simplemente se transforma en algo nuevo. Allí también tienen el ejemplo de mi jardín. El año pasado sufrió las consecuencias de la inundación, pero ahora está más hermoso que antes. En la vida todo se transforma para luego regenerarse. Acuérdense de esto, y les irá bien en lo que verdaderamente vale".

Leonor nos dio a entender que la lección había terminado. "Ya es hora de que se vayan a dormir".

Sin decir una palabra, caminamos al cuarto de Aura.

Desde el pasillo, se veía la luz en el despacho de Hugo. Como siempre, él estaría escribiendo la historia de la generación de Papá Antonio. A la distancia la música seguía— una señal de un cambio que en ese momento desconocíamos, pues mientras Leonor nos había estado iniciando a sus ritos antiguos, Paco Osuna y su gente habían estado jugando con el presente y el futuro. Esa misma noche los políticos habían hecho arreglos para que se llevara a cabo su visión de un nuevo orden. A su modo de ver, ellos iban a traer el progreso a nuestra región, y ni Hugo ni Leonor se habían dado cuenta de que la forma de vida de nuestro pueblo se había renegociado bajo su propio techo.

Libres de culpa, Aura y yo seguimos las instrucciones que nos había dado Leonor, y esa noche dormimos el sueño tranquilo de los inocentes.

IV

Varios años más tarde, cuando el público se enteró de lo que había pasado, los cambios ya estaban en proceso. Los políticos del nuevo día convencieron a los votantes de que la renovación urbana serviría como una regeneración para la ciudad. En el futuro lejano, les dijeron, se va a construir un nuevo puente internacional y, para que ese puente se lleve a cabo, las casonas antiguas a la orilla del río tendrán que pasar a manos del gobierno federal. Y por eso tocó que después de todo un siglo de lucha, terminó el gobierno siendo el dueño de lo que para nuestro pueblo guardaba tanta memoria histórica.

Los jóvenes directores de los proyectos—con sus títulos universitarios y su costumbre de auto-nombrarse *visionarios progresistas*—sentían un pequeño remordimiento al tener que arrasar "una sección histórica". Sin embargo, según el mando que venía desde arriba el cambio representaba el progreso.

Por lo menos, ésta era la opinión de Michael, el primogénito de Paco Osuna, quien a pesar de tener sólo veintiún años ya había sido nombrado director de varios proyectos federales. Con el propósito de enseñarles a otros jóvenes cómo funcionaba el gobierno local, Michael ofreció un taller sobre la administración pública.

Aura y yo decidimos asistir al taller. Para entonces, las dos teníamos dieciocho años y ya era claro que cada una iba por su propio rumbo en la vida.

De inmediato, Michael mostró un interés personal en Aura y, a pesar de que Leonor y Hugo se quejaron mucho del noviazgo, los padres de ella no hicieron nada para desanimarla. Era claro que Aura también se interesaba en Michael y no tardó en contarme de los sueños que repetidamente estaba teniendo. En sus sueños se solía encontrar en una casa de varios pisos con muchos cuartos e iba de cuarto en cuarto adormeciendo diferentes criaturitas que luego acostaba en cunitas con olanes de organza blancos.

Era claro que Aura era el tipo de compañera que Michael buscaba, y pronto empezó a reclamarla con regalos llamativos. Un día, de broma se refirió a ella como *"My Summer Breeze"* y el nombre se le fue pegando. Terminó llamándola *Breezy*, por lo cual le llamaron *Brisa* a la primera de sus ocho hijas. De esta manera, de pura casualidad, continuaron con la costumbre que Leonor se había inventado al darles a sus nietos los nombres de los cuatro elementos que por tanto tiempo habían regido su vida.

Con el tiempo, el desafecto que Leonor le tenía a Paco Osuna y a los suyos se fue haciendo más y más intenso. Al fin y al cabo, Leonor dio a Aura por perdida igual como había hecho con Iris, la madre de Aura, cuando optó por no enseñarle los poderes de las antiguas tradiciones. Fue entonces que Leonor concentró su atención en Marina, la hermana pequeña de Aura, quien iba a cumplir sus trece años el día veintiuno de marzo.

Intuitivamente me di cuenta de la manera en que Leonor trataba a Marina y comencé a prestarle atención a la joven que hasta entonces había sido sólo la hermanita de mi mejor amiga. Una niña frágil con una mirada pensativa, Marina aparentaba tener poderes especiales por sí misma y entre los Luna se acostumbraba a decir que si se te perdía algo, nomás se lo contaras a Marina y ella te diría dónde lo podías encontrar. A veces yo me preguntaba si Leonor no la habría iniciado ya en los rituales antiguos; pero, a la vez, dudaba de mis sospechas al ver que Marina todavía lucía su trenza larga.

Lo que sí era obvio era que Marina estaba repitiendo algunos de los hábitos que Aura y yo nos habíamos inventado cuando teníamos su edad. Un día Leonor hasta encontró, afuera de la ventana de Marina, un pedazo de carrizo decorado con trapitos de algodón y colitas secas de lagartijas.

"¡No, no, no!", le gritó. "Por favor, no quiero ver más colas de lagartijas volando por el aire. Por años mis cartas me han estado avisando acerca del viento y del movimiento de la tierra que está por venir. Los antepasados en México le llamaban *olín*. Entiende, m'ijita, no quiero provocar a las grandes fuerzas del universo".

Sorprendida, me quedé viéndolas. Era claro que Marina no

entendía por qué su abuela se enojaba tanto, y por primera vez me pregunté si Leonor alguna vez habría tratado de afectar el futuro que le habían predicho sus cartas. Hacía ya seis años que veía su destino en una forma totalmente estática. ¿No habría algo que ella podía hacer para controlar el viento y ese *olín* que tanto la desafiaban? ¿Estaría ella articulando las preguntas tal como las debía articular?

En ese instante me sentí invadida por montones de preguntas.

Pero no entendía todavía que las respuestas no se iban a encontrar en Leonor sino en Aura.

V

Paco Osuna tuvo una fiesta de lo más elegante, a su estilo, para anunciar el compromiso de matrimonio entre Michael y Aura. La fiesta tomó lugar en un salón de hotel a pesar de que las mujeres Luna solían tener sus recepciones en su propia casa. Estos arreglos de los Osuna, en realidad, le parecieron bien a Leonor, ya que entre menos trato tuviera con Paco y su hijo más aliviada se sentiría.

Los cambios que Paco y Michael proponían para "el bien del pueblo" en realidad eran, para Leonor, maniobras y pretextos para quitarle el poder a la gente local y pasárselo a los *gabachos* allá en el norte. Ella nos decía que Papá Antonio hubiera sentido el mismo desdén hacia Paco que antes había sentido hacia los que habían llegado desde afuera en el siglo pasado. "¿Acaso no fueron esos tipos los que se robaron las tierras?", nos preguntaba. Insistía también en que Papá Antonio habría visto a los mentados progresistas como "una bola de vendidos".

Aunque Hugo Dávila jamás había actuado con el fervor que los Luna mostraban a sus causas, ahora él también contribuía su parte al documentar la historia de la frontera. Había terminado sus capítulos sobre Papá Antonio y ahora se dedicaba a escribir sobre su propia generación, una generación, que a su manera de ver, había traicionado la visión de Papá Antonio.

A causa de todas estas preocupaciones, Hugo y Leonor estaban entrando en un estado de aislamiento, él en su despacho y ella en su reflectorio. Hacía ya cinco años que Orso y Orión se habían ido de la casa, y poco a poco, la alegría se había ido disminuyendo de aquel espacio. Aura también se iría pronto y la única que quedaría sería Marina. Iris y Alfredo casi ni venían a visitar, prefiriendo quedarse en su rancho a la salida del pueblo. El resultado fue que la casona de estuco dejó de lucirse como en sus mejores días, cuando las luminarias brillaban en su terraza y la música de combos flotaba de una ribera a otra.

VI

Michael y Paco Osuna tomaron ventaja de la situación. Michael convenció a Aura de que su familia se encontraría en mejores condiciones si le vendía la casa al gobierno federal. A pesar de los rumores que el gobierno iba a demoler algunas de las casas a la orilla del río, Michael le explicó a Aura que iban a venir muchos cambios a causa de la construcción del próximo puente internacional. En primer lugar, el espacio contiguo al río se iba a usar no sólo para las oficinas del puerto sino también para las de aduana y las de inmigración. Entre más pronto se cerraran los trámites, mejor sería la ganancia de la venta de la propiedad. Además, si se esperaban a que la General Services Administration anunciara la compra de las propiedades contiguas al río, más se podría realizar la posibilidad de que Leonor y Hugo se negaran a vender la casa. En ese caso, el gobierno la podía confiscar para "el bien del público" bajo el reglamento de la *eminent domain*.

Aura aceptó la visión pragmática de Michael pero también

propuso sus términos, e insistió en que Leonor y Hugo se quedaran en la casa por el resto de su vida. Como Michael sabía que faltaban por lo menos diez años antes de que se empezara la construcción del puente, lo que proponía Aura no le parecía un problema. Leonor y Hugo no eran jóvenes y ya no les quedaban muchos años más. Así que cuánto antes se firmaran los papeles de la venta, cuánto mejor les iría a todos.

Al oír del plan de Michael y Aura, me entró una rabia, e inmediatamente me dirigí a Michael. "Veo que tú y tus gorilas han planeado esta maniobra. Pero dime, ¿quién va a sacar beneficio de todo esto? Ya sé lo que me vas a decir. 'El beneficio es para el pueblo'. ¿Pero, quién garantiza que esto sea cierto? No me puedes negar que ciertos contratantes van a salir con tremendas ganancias".

Me paré muy cerca de Aura. "¿Y qué te pasa a ti? ¿Por qué dejas que traten a Leonor y a Hugo de esta forma? No sólo estás dejando que esta gente destruya la casa sino que además les estás dando permiso de que hagan sus maniobras en frente de tus abuelos. ¿No ves que estás destruyendo todo lo que ellos estiman? Y junto con pegar, te estás riendo en su cara".

"Tú no tienes vela en este entierro", me respondió Aura. "Michael y yo somos prácticos. Vemos que Leonor y Hugo ya no tienen necesitad de una casa tan grande. Mamá y papá se quedarán viviendo en el rancho y con la excepción de Marina, ya todos hemos salido de la casa. Además ¡imagínate lo que costarán los reparos!"

"Deja que todo siga igual por unos años más", le repetí.

"Nenita, hay que planear para el futuro", respondió Michael con calma. "Sabemos dos cosas de seguro. El próximo puente se va a construir en esta vecindad, aunque todavía no se sepa su lugar exacto. También sabemos que la aduana va a requerir mucho espacio y que las oficinas de inmigración van a requerir aun más. La propiedad de los Luna es ideal para lo que se va a necesitar. Y si vamos a sacar provecho de esto, desde ahora tenemos que trabajar con los especialistas de la GSA. Estas negociaciones se tienen que hacer a su propio tiempo. Hay que tomar control del futuro. Y para hacer eso, tenemos que planear con cuidado".

En un instante capté la manera en que veían las cosas. "No lo puedo creer. Están absolutamente convencidos de que tienen la razón. ¿Verdad?"

"Claro que la tenemos", respondieron los dos a la vez.

Me sentí impotente frente a tal auto-afirmación. Al mismo tiempo, supe que no podía seguir tratando con ellos. Mi impulso fue proteger a Leonor, e instintivamente me dirigí a su casa.

VII

En lugar de usar la entrada principal, entré por el portón de atrás, el que por un lado daba al río y por el otro a la parte más baja del jardín. Desde allí, admiré el resplandor que reinaba por todo ese espacio, desde el terreno plano en frente de mí hasta las alturas de los balcones donde geranios blancos florecían en macetonas de barro rojo. A mis dos lados, a lo largo de la cerca estucada paralela al río, florecían magníficas buganvillas de color borgoña, y contiguo a la cerca, en el estanque de azulejos, los lirios de agua flotaban con una pereza elegante.

Desde mi posición frente a la escalera, admiraba los helechos gigantescos que orillaban cada uno de los tres niveles del jardín. Y noté que a los dos lados de la casa, los crespones floreaban su algodón de azúcar blancos y lila.

Después de unos minutos de estar admirando la belleza del jardín, subí por los escalones. Y al subir, veía que en la terraza Leonor se movía de un lado a otro pero yo no llegaba a descifrar lo que estaba haciendo.

Con su trenza gris volando en el aire, Leonor saltaba de un lado de la terraza al otro. Perpleja, yo trataba de adinivar lo que hacía.

Por fin entendí. Con la escoba en la mano, ¡Leonor andaba cazando lagartijas!

Quería llegar a donde ella estaba sin que se enterara de mi presencia, pero al darse la vuelta, Leonor me vio. Soltó la risa, dándome a entender que no se sentía avergonzada.

"¡Qué gusto verte, Estrellita! Mira, me han vencido los reptiles. Ven, ayúdame a luchar contra ellos. Han tomado todo el terreno".

Al llegar a su lado, me sonreí . "No les pegue con la escoba. Agárrelos por la cola. ¿No se acuerda? Mire, así nomás. Vamos a ver quien puede juntar más colas". Y comenzamos a correr detrás de las lagartijas.

"Pequeños monstruos", les decía Leonor entre dientes.

De repente se abrió una de las ventanas del piso arriba de la terraza. Al sacar la cabeza para averiguar qué estaba pasando, Marina hacía a un lado las banderinas que flotaban en el aire alrededor de ella.

"¿Qué hacen? Parece que andan detrás de monstruos de Gila".

"Es precisamente lo que andamos haciendo. Ven tú también a hacerles la lucha".

Marina bajó pronto. Su pelo corto, un poco despeinado, brillaba en la luz de la tarde. Fijé la mirada en Leonor y ella asentó con la cabeza.

"Mi tiempo se ha cumplido", me explicó. "Ahora le toca a Marina continuar con los ritos, y estoy contando con ella. Será ella la que tendrá que hacerse las preguntas adecuadas".

"¡Ándale, Marina. Tenemos que triunfar sobre los pequeños monstruos!"

En ese momento me era imposible saber que la interpretación que Leonor le había dado a sus cartas en realidad tenía certeza, y que con el tiempo se cumplirían sus pronósticos. Más adelante cuando se hacían las preparaciones para la construcción del nuevo puente sus palabras se clarificarían al ser derrumbados muchos de los edificios que quedaban al río. Este esfuerzo no sólo reclamó las casonas antiguas como la de los Luna sino que también arrasó todo lo que se consideraba obstáculo para el futuro del área, incluyendo la casita de madera donde Filomena vivió por muchos años con sus pájaros.

Y todo se hizo en nombre del progreso. Por lo menos ésto fue lo que predicaron los visionarios enérgicos de la nueva política, y los poderes antiguos ya no pudieron triunfar sobre la fe del nuevo día.

ESMERALDA

Solamente una vez
amé en la vida

❦ ❦ ❦

Una vez, nada más,
se entrega el alma
con la dulce y total
renunciación.

        Agustín Lara

❦ ❦ ❦

        cada tres minutos
        cada cinco minutos
        cada diez minutos
            de cada día

        Se encuentran cuerpos de mujeres
        en callejones y recámaras
            en las escalinatas

        Ntozake Shange

Esmeralda

I

Un día cualquiera empezaron a llamarle Esmeralda y la joven, sentada por horas dentro de su casa de cristal, se transformó en una especie de figura pública. El gentío que rutinariamente cambiaba su moneda por un encuentro con la fantasía suponía que a la joven le caía bien el exoticismo que proyectaban en ella. Pero en realidad lo único que lograron fue hacerla pensar que a nadie le importaba quién sería la persona detrás de la imagen que se habían inventado. Santiago Flores fue el primero en referirse a ella como "Esmeralda". En su crónica extravagante de costumbres locales, Santiago prestó atención a "la bella de ojos verdes que saluda al público en el Palacio entre la una y las seis". Por tres días seguidos, el cronista hizo referencia a la joven, exagerando más su descripción cada vez que se refería a ella. "Parece una joya detrás de una vitrina. Es tan preciosa que merece ser exhibida en el Museo de Oro en Bogotá, una ciudad que tuve el placer de visitar en mi último viaje a Sudamérica". Finalmente, Santiago había dictado: "Es una esmeralda brillante. ¡Esmeralda! ¡No hay nombre que mejor le siente!" Y desde aquel día, el público había asumido una idolatría, más de auto-complacencia que de buena intención, hacia la joven en la jaula de cristal. Durante aquellas tardes incómodas, ella solía hablar únicamente cuando sentía que su silencio era una forma de descortesía y por más desconcertada que se sin-

tiera, trataba de mostrar siempre los buenos modales que le
habían enseñado.

II

Cuando primero comenzó a trabajar en el Cine Palacio,
Verónica solía caminar sola a casa al terminar su turno de la
tarde. Pero después de que Santiago Flores inventó la historia
de *la bella tras el cristal*, la situación cambió por completo.
Amanda y Leonor hasta me pidieron que pasara por la taquilla
del cine después de mi clase de baile para que Verónica tuviera
quién la acompañara a casa. Y lo que empezó como un favor
pronto se convirtió en costumbre y se esperaba que yo llegara
al teatro diariamente a las seis en punto. Yo no tenía ningún
problema con esto ya que por mucho tiempo había estado
consciente de que yo me movía con más libertad que Verónica
a pesar de que ella me llevaba cinco años.

Por eso al principio me tomó de sorpresa que el trabajo de
Verónica le requiriera tanto contacto con un público desconoc-
ido. Sobre todo, me sorprendió que la idea viniera de su
madre, pues tenía entendido que había sido Isela la que le
sugirió a Verónica que se consiguiera un trabajo, y como sólo
le faltaban unos cursos para terminar sus estudios, Verónica iba
a la escuela por la mañana, y por la tarde trabajaba en el Cine
Palacio.

En realidad, de una forma u otra, Verónica había estado trabajando desde aquella tarde, hacía seis años, cuando inesperadamente llegó a casa de Leonor en una *pick-up*, acompañada
por Isela. Apenas llegaron, Leonor me despidió, dándome la
impresión de que algo no andaba bien con la chica. Curiosa de
lo que estaba pasando, me quedé a cierta distancia de la casa
observando al chofer bajar varias maletas. Luego él se fue en
la troquita.

Esperé un ratito más y vi que en seguida volvió la *pick-up*.

Esta vez fueron Amanda y su hermana, Cristina Luna—la abuela de la joven—las que se bajaron y, por la prisa con que entraron a la casa de Leonor—su otra hermana—ni cuenta se dieron de mi presencia. Al siguiente día, me enteré de que Verónica se iba a quedar indefinidamente en casa de Leonor y Hugo.

Desde aquel día, Verónica quedó bajo el cargo de sus tías-abuelas. Amanda le enseñó la magia que había en la costura, y en un dos por tres Verónica se convirtió en su ayudante. Leonor también pasó mucho tiempo con ella, contándole de las hierbas y flores que crecían en su jardín. Como buena alumna, Verónica aprendió toditito lo que le enseñaban.

Pero quedaron inexplicadas las circunstancias de su llegada. Al principio, me daba cuenta de que mi madre y mis tías cambiaban de tema si pensaban que nosotras las niñas podíamos oírlas; y presentía también que Amanda se esforzaba para que yo nunca estuviera sola con Verónica. Por eso, aunque no sabía casi nada acerca de la recién llegada, me callé y no hice preguntas, a pesar de mi gran curiosidad.

Era claro que Verónica tampoco compartía sus sentimientos con nadie. Puesto que era un poco mayor que el resto de las niñas en el vecindario, no tenía con quien juntarse y pasaba su tiempo sola, bordando en silencio los trajes que le pasaba Amanda.

Con frecuencia la clientela de Amanda hacía referencia a la buena apariencia de Verónica, comentando que la joven tenía una cara de ángel y que su carácter coincidía con su rostro. Al oír esos comentarios, yo no estaba en desacuerdo con ellas pero sí me preguntaba si el deseo de Verónica de ser discreta no era lo que les hacía elogiarla. ¿Por qué tiene que ser tan obsequiosa?, me preguntaba. Lo que más me intrigó durante aquellos años de observación fue que ella no tenía ningún interés en volver al rancho de Alfredo, donde había vivido por mucho tiempo.

III

"Verde, que te quiero verde", recitó Orión en un tono insinuante el minuto en que Verónica y yo entramos a la sala.

"Orión, cállate, por favor", le dijo Leonor en seguida. A la vez, Verónica le suplicó, "Orión, no seas malo. No tienes una idea de lo humillada que me siento por todo lo que ha pasado".

"Échate otra", le contestó su primo. "No trates de decirme que no te gusta toda esta atención que últimamente has recibido. Que no lo quieras admitir es otra cosa.

"Esta tarde pasé por el Cine Palacio y te estuve observando por un rato. Vi que estos dos chavos, los Mondragón, te querían hacer sonreír. Pero tú te hacías como la princesa en su torre. No tenías ninguna expresión en la cara. Ándale, Ronie, *loosen up a bit*. Te están piropeando, es todo. Ven que eres bonita y quieren que les prestes atención".

Verónica se encogió inmediatamente. "Sé a quiénes te refieres, y no me parecen tan inocentes". Con eso se echó a llorar, quedito al principio, luego sin control.

"Caray, Ronie, no exageres. ¿Por qué lloras?" Era obvio que Orión estaba molesto con su prima.

"Te dije que te callaras, Orión. Por favor, déjanos solas. Necesito hablar con Verónica en privado".

Orión se dirigió a la puerta con un aire arrogante. Confusa, me paré para seguirlo.

"No, Nenita, no te vayas. Vamos a platicar un rato entre las tres".

Volteé a ver a Leonor y me señaló que me sentara a su lado. Luego me tomó de la mano a la vez que abrazó a Verónica. Esperando que una u otra dijera algo pronto, le dirigí la mirada a Verónica y con alivio, vi que se había sosegado. Entonces fijé los ojos en Leonor.

"Mira, Nenita", me dijo, "a pesar de que solamente tienes

trece años, te portas como si fueras más grande. Has tenido suerte de estar rodeada de gente que te ha demostrado afecto en muchas formas. Es cierto, has tenido varios golpes y por eso ya tienes un carácter fuerte. Sin duda, eres más fuerte que mi Aurita, y por eso, quisiera que no le hables a ella acerca de la conversación que estamos a punto de tener. Entre las dos, le vamos a ayudar a Verónica a tomar control de una situación desagradable.

"Vas a ver que por muchos años le hemos impuesto silencio. Pero después de tanto tiempo, yo estoy preparada a asumir mi responsabilidad en el asunto".

Despacito, Leonor se volteó hacia Verónica. "Mañana no vas a ir al trabajo. Yo misma hablaré con tu jefe. También tendré unas palabritas con Santiago Flores. Lo siento, Verónica. Deberíamos haber insistido en que dejaras el trabajo el minuto que salió el primer comentario de Santiago en el periódico. Como acaba de demostrar Orión, estos señores piensan que nos hacen un favor echándonos piropos. Además creen que debemos agradecerles la atención que nos dan, querámosla o no".

Antes de seguir con su plan, Leonor me apretó la mano. "Nenita, cuando Verónica tenía tu edad, tuvo un contratiempo. Por ocho años, ella y su madre vivieron en el rancho con mi hija Iris y Alfredo, su marido. Pero hace cinco años algo ocurrió allí, algo que nunca hemos dejado que Verónica nos cuente".

Leonor hizo una pausa. Luego se quedó mirando a Verónica. "Si no me equivoco, fue en el año cuarenta y tres cuando tu padre murió en Francia, cuando apenas tenías cinco años. Y despuescito de su muerte, tú y tu madre se fueron a vivir con Iris y Alfredo".

"¿Por qué no nos cuentas lo que ocurrió en el rancho hace cinco años? Yo solamente conozco la versión de otra gente. Por supuesto, mi hermana Cristina me lo hizo saber. Tu madre e Iris, también, siempre te defendieron, hasta tal punto que después de que llegaste aquí, Iris hasta mandó a sus cuatro hijos a vivir con Hugo y conmigo".

Por un largo rato, nadie dijo nada. Luego Verónica suspiró y con los ojos llenos de lágrimas empezó a hablar.

"Se llamaba Omar . . .".

Era obvio que se esforzaba por dar figura a imágenes que hasta entonces había tratado de suprimir.

". . . y era de Sabinas Hidalgo . . . tenía diecisiete años . . . su piel era como de té de canela . . . con leche y azúcar. Estaba empeñado en que yo lo notara. Todas las noches me dejaba un regalo . . . en el alféizar de la ventana. Su primer regalo fue un paquete envuelto en periódico. Adentro estaba una flor del nopal. Luego me dejó una rebanada de tuna roja . . . madura . . . y muy dulce.

"La siguiente tarde yo estaba sentada en el pórtico cuando lo vi venir hacia mí. No le había puesto atención y ni sabía quién era pero extendió su mano y me ofreció media naranja y otra rebanada de tuna. Sonreí y acepté el regalo. Desapareció así nomás, sin decir una palabra. Al siguiente día en la ventana me encontré una flor de ocotillo . . . color escarlata. Luego, me regaló la flor nocturna del saguaro. Todas las noches me dejaba una flor de cactus.

"Un día vi que Omar iba al centro con los otros obreros y decidí esperarlo a la vera del camino. Después de largo tiempo, vi su camioneta a la distancia y fingí que andaba de paseo. Cuando la camioneta pasó por mi lado, lo saludé y seguí caminando. Luego, cuando llegué al portón, él me estaba esperando. Le dije que yo también le tenía un regalo y le ofrecí mi camafeo. Con cuidado, le dio vuelta al camafeo y lo abrió. Leyó la inscripción y dijo casi para sí mismo, 'Ve-ró-ni-ca'.

"Después de eso, yo lo esperaba por la ventana todas las noches para conversar con él. Hablábamos más o menos una hora y luego se iba. Una noche le pedí que me encontrara en el pórtico el siguiente día al atardecer y eso hicimos. Pero Iris nos vio juntos y lo hizo que se fuera. 'No debes tratar con los obreros', me dijo. Luego agregó, 'Eres muy joven. Pronto empezarán con el mitote'.

"La actitud de Iris me empujó más hacia Omar y desde ese momento yo quería estar con él todo el tiempo. Pero no sabíamos dónde encontrarnos sin que alguien nos viera. Por fin, mientras conversábamos por la ventana, le sugerí que a la siguiente noche nos esperáramos a que todos se durmieran y luego nos encontráramos en el pórtico. Si no hacíamos ruido, nadie tenía que enterarse.

"Y llevamos a cabo nuestro plan. Omar me trajo otra flor de cactus, y rodeados del olor del jazmín, nos sentamos a ver las estrellas. Platicamos por largo tiempo y por fin le dije que era hora de despedirnos. Inesperadamente, me tomó en sus brazos y me besó . . . Su amor por mí era bastante claro".

Por un instante, Verónica vaciló.

"No sé de dónde salió Alfredo esa noche ni por cuánto tiempo nos había estado espiando. De seguro que no lo habíamos oído. Pero de repente comenzó a jalarnos y a separarnos como si estuviera loco. 'En mi casa no tolero puterías', me gritaba. Le dio una bofetada a Omar. *Over and over, he slapped him.* Luego, *he threw him off the porch.*

"Para entonces ya se habían prendido todas las luces de la casa. Había gran confusión. Lo único que recuerdo es que mi madre me jalaba hacia su cuarto mientras Alfredo iba detrás de nosotras, gritando, 'Si se va a portar de esa manera con mis obreros, ¿dime por qué debo esperar mi turno? Saca tu *huila* de mi casa inmediatamente o de ahora en adelante va a ser mía cuando se me antoje'.

"Pobre Mamá. Trancó la puerta. Luego trató de calmarme. Era casi medianoche pero de todas formas le llamó a Mamá

Cristina para que mandara a alguien por nosotras. Rápido hicimos las maletas y para cuando llegó la camioneta, estábamos listas. Yo tenía terror por Omar y quería averiguar qué le había pasado pero Mamá no me soltaba la mano. Me empujó adentro del carro. Luego entró ella. Sólo cuando estábamos por salir del rancho, comenzó a regañarme. No se podía fiar más de mí, me reñía. Ahora tenía que averiguar qué iba a hacer conmigo. Tendría que conseguirse un trabajo. Tendría que buscarnos vivienda. No había lugar con Mamá Cristina para dos personas más.

"Tú sabes el resto", le dijo Verónica a Leonor. "Mamá Cristina pensó que yo me podía quedar contigo por un rato".

"¿Y Omar? Qué le pasó a Omar?" le pregunté.

"No sé. Nunca lo volví a ver. Creo que Alfredo dio órdenes para que lo mataran. Mamá me dijo que Iris nunca le pudo dar ninguna información definitiva sobre Omar".

"Mira, Verónica", le contestó Leonor con seriedad. "Es cierto que Alfredo tiende a ataques de violencia pero él nunca mandaría matar a nadie. Le llamó a la migra y deportaron a Omar. Alfredo ordenó que nunca más se pusiera en contacto contigo".

"Yo no entiendo por qué se metió Alfredo en la vida de Verónica", comenté, "ella no le estaba haciendo daño a nadie".

"Bueno, así es la vida", suspiró Leonor. Después de un momento, añadió, "Mi pobre Iris rehusa dejar a Alfredo. Pero, por lo menos, tuvo suficiente cordura para sacar a los niños de la casa".

"Así es que a causa de él nos tienes a los cinco".

"Ah, pero de eso nunca me he quejado". Leonor le acarició la mejilla a Verónica para asegurarla.

"Gracias, Leonor. Me haces sentirme mejor. Sabes, creo que no voy a dejar mi trabajo. He reaccionado como una bebé a comentarios que no merecen la pena. Por favor no le llames a Santiago Flores tampoco. De hoy en adelante voy a tomar las riendas de este asunto".

"¿Estás segura?"

"¡Segurísima!"

IV

Después de esa conversación, para mí se esfumó el aire de misterio que rodeaba a Verónica. Por primera vez desde que la había conocido, sentía que podíamos conversar como buenas amigas y mientras caminábamos juntas a casa nos contábamos nuestros secretos. Le tenía lástima por la vergüenza que había sufrido al ser censurada en una forma tan pública. Además, era obvio que no tenía un hogar propio y que su familia la había recibido casi de pura obligación. Para mí, lo peor era que ella no tenía la culpa de nada de lo que le había pasado. Peor aún era la manera en que había perdido a Omar.

"¿Todavía piensas en él?"

"Siempre. Pero sé que nunca lo voy a volver a ver. Fíjate, Nenita, Omar era tan diferente a los amigos de Orso y de Orión. Ellos siempre están jactándose, siempre están compitiendo uno con el otro. Omar era gentil y no merecía ser maltratado. Me da pena la manera en que Alfredo lo trató. Espero algún día encontrarme otro chico como él. Pero sé también que no se puede predecir lo que nos depara el destino".

"Parece que nunca vas a deshacerte de Omar y vas a hacer lo mismo que hizo Filomena. Ella dice que Martín siempre anda con ella. También me dice que si estás enamorada cuando pierdes a la persona que amas, entonces nunca, nunca te deshaces de él. Todo esto es muy romántico, ¿no crees? Supongo que tu mamá recuerda a tu papá de manera similar".

"Posiblemente. La verdad es que nunca he pensado en eso".

Verónica reflexionó un poco. Luego, me dijo, "A veces me

pongo a pensar en Iris. ¿Por qué se quedara con Alfredo? No puedo imaginarme cómo ella pueda estar enamorada de él todavía. Hasta tengo la impresión de que él la maltrata cuando se enfada".

"Tienes razón. Aura me lo ha contado. Odia a su padre. Parece que Alfredo se ha puesto violento con todos sus hijos. Mi papá es tan diferente, gracias a Dios. Él es buenísimo conmigo y lo quiero mucho".

"Qué suerte tienes. Yo casi ni recuerdo a mi papá. Después de que murió, yo hacía como que mi osito era mi papá, y le hacía prometerme que nunca me iba a abandonar". Verónica dio un gran suspiro antes de continuar. "Creo que lo peor del incidente con Alfredo fue que me di cuenta de que no tenía quién me protegiera. Eso casi fue peor que perder a Omar porque desde entonces siento que cualquiera puede herirme y que no va a haber nadie que me proteja".

Por un segundo, me le quedé mirando sin saber qué decirle. Luego me sonreí y le dije, "Eso no es cierto, Verónica. Si algo te pasa, todas te vamos a cuidar".

Seguimos caminando en silencio. En seguida me paré de nuevo y la vi cara a cara. "Pero no olvides que tú también tienes que cuidarte a tí misma, especialmente si te sientes como me acabas de contar".

V

La clase de baile terminó tarde. Mi maestra, Violeta Aguilera, nos tuvo ensayando más de lo que acostumbrábamos porque a la semana íbamos a tener el recital de verano. Así que tan pronto como terminamos la práctica, me puse los pantalones sobre mi malla de bailarina y me fui corriendo al Cine Palacio.

Al llegar a la taquilla, me encontré con la señora que trabajaba el turno de noche. Ella me dijo que Verónica me había esperado pero, no sabiendo qué era lo que pasaba, por fin se había ido sola a casa. "Trata de alcanzarla", me aconsejó. "Estará muy contenta de verte. Corre para que la alcances pronto. Ándale, date prisa".

Me fui por el rumbo de siempre. Al dar la vuelta a la tercera esquina, vislumbré a Verónica como a dos cuadras adelante. De nuevo comencé a correr y al acercarme más a ella vi que un *Chevy* blanco con alas extravagantes la iba siguiendo y que los dos tipos que iban en el carro le chiflaban. "¡Esmeralda, Esmeralda!"

Verónica se hacía como que no los veía.

Me apresuré y llegué a su lado al instante en que los dos se estaban bajando del carro.

"Son los dos idiotas que Orión me mencionó el otro día", me susurró Verónica. "¿Te acuerdas que le dije que sus intenciones no eran buenas?"

"Pues, vámonos de aquí", respondí con alarma.

Pero ya no nos pudimos escapar. Uno de los tipos la agarró bruscamente y comenzó a arrastrarla hacia el carro. Con una fuerza que no sabía que poseía, le di con mi mochila en la cara y al pegarle, las castañuelas que llevaba en ella hicieron un ruidazo. El otro se dirigió hacia mí pero me moví más rápido que él, y mi pie de bailarina no me falló. Mi puntapié pegó exactamente donde intentaba darle y el cuate se dobló, murmurando entre dientes, "Híjole".

Para entonces el primero había empujado a Verónica dentro del carro y tan pronto como el otro pudo meterse al asiento de conductor, se arrancaron de volada.

No había nadie en la calle.

Lo mejor sería ir a casa de Leonor a buscar ayuda.

Apenas entré en la sala, me encontré con Orso y Orión.

"¡Se la han llevado! ¡Se la han llevado!"

"Con calma, con calma. ¿Qué te pasa?"

Me dirigí a Orión. "Aquellos chavos que viste en el cine la

otra tarde . . . ¿Te acuerdas? Los que creías que solamente le estaban echando piropos a Verónica. Ésos, se la robaron y se fueron con ella en un Chevy blanco nuevecito".

"¡Los Mondragón! Vámonos, Orso. Esto nos lo tienen que pagar".

Al instante en que salieron, agarré el teléfono.

"¿Nenita, qué haces?"

Di la vuelta, y vi a Leonor y a Hugo. Obviamente habían estado en el comedor desde que había entrado.

"Voy a llamar a la policía. Han secuestrado a Verónica".

"No, m'ijita", me contestó Hugo. "La policía no va a hacer nada. Deja que los muchachos se encarguen de esto".

VI

Al día siguiente, en la columna de Santiago Flores aparecieron las siguientes palabras enigmáticas: *Anoche se robaron una de mis joyas favoritas y la estallaron. Sin embargo se llevó a cabo la justicia para los que cometieron el crimen. Pero el daño que hicieron va a tener muchas repercusiones en el porvenir. Me disculpo por si acaso yo haya contribuído sin querer a lo que tan inesperadamente ocurrió.*

VII

En las próximas semanas, las mujeres en la familia de Verónica se hicieron cargo de ella. Serpenteando por su jardín de hierbas, Leonor escogía ramitas de diferentes valores y luego las hervía para tés e infusiones. También preparaba ungüentos, mezclando su yerba del oso o su maravilla con aceites bien espesos. Luego se los pasaba a Isela quien se tomaba horas frotándolos sobre la piel de su hija. Los masajes tenían el efecto deseado y Verónica dormía profundamente por muchas horas. Cuando despertaba, Cristina le preparaba baños bien calientes, mezclando en sus aguas la yerbabuena, el romerillo, o la pegapega. Amanda insistía en que Verónica había pasado un gran susto y para aliviarla de sus efectos le pasaba hojas de palmera por todo el cuerpo. Luego quemaba creosota en urnas de barro, las que ponía al lado de la cama de Verónica para que la fragancia de la resina le calmara tanto el cuerpo como el espíritu.

Yo sabía de los esfuerzos de las Luna, y un domingo por la mañana pasé a saludar a Leonor y a averiguar cómo estaba Verónica. Mientras hablábamos, Leonor preparó un té de manzanilla y me invitó a que se lo llevara a Verónica. "Aquí tienes dos tazas, una para tí y otra para Verónica. Puedes visitarla un rato. Le hará bien conversar contigo, pues se ha pasado estas últimas semanas sola con nosotras, las abuelas. Hace tres semanas estaba muy mala, pero los masajes y el cariño que le hemos dado la han mejorado muchísimo. Nos parece que ahora necesita volver a una rutina normal. Hugo piensa que pronto debemos tener una cenita y va a invitar a uno ó dos de sus colegas de la universidad. Me gustaría que tú también vinieras. Los muchachos se han ido a vivir al rancho por un rato. Esto ya lo sabías, ¿verdad? Ándale. Entra, y anímala un poco".

VIII

Al abrir la puerta, me desconcerté, viéndome con la imagen viva de la salud. Verónica dejó su sillón para saludarme con un abrazo, y mientras se acercaba hacia mí, me quedé sorprendida de ver como el rayo de sol que entraba por la ventana hacía que su piel color de perla y su cabello castaño brillaran de una forma extraordinaria. Al comentarle lo bien que se veía, me mostró su frustración.

"Ay, Nenita, si supieras por lo que he pasado. Todos los días Mamá y Leonor y Mamá Cristina y Amanda—todas me han frotado con toallitas perfumadas de pie a cabeza. Luego me han exprimido y me han ahumado. Tanto me han frotado

con perfumes y ungüentos que a veces pienso que me han confundido con Cleopatra o Bathsheba. Todo el santo día me dicen
que me concentre en el momento, en el mentado presente.

"Al principio me hacían que les dijera en detalle lo que
había pasado esa noche. Primero a una, luego a la otra. Yo
lloraba y lloraba cada vez que les contaba del asunto. Y ellas
también se ponían a llorar conmigo. Un día Leonor dijo que
todas nos íbamos a desahogar juntas y quería que lloráramos
por las penas de las mujeres en la familia. 'Nos vamos a con-
vertir en lloronas', nos dijo.

"Leonor abrió su alma por completo, contándonos de sus
penas a causa de Iris, su hija favorita. Nos dijo que sabía que
no había nada que pudiera hacer para mejorar la situación de
Iris excepto protegerle a sus hijos. Todas hemos tenido algún
malentendimiento con Alfredo, así que cada quien pudo expresar simpatía hacia Iris.

"Nos dimos la mano una a la otra. Cerramos los ojos y pen-
samos en Iris, deseando que algún día ella se enfrentara con su
situación e hiciera todo lo posible para cambiarla.

"Después de que resolvimos el caso de Iris, Mamá Cristina nos contó lo suyo. Parecía que todas sabían de su asunto,
pero para mí fue una revelación. Aunque tuve la impresión de
que mucha gente sabe de 'su secreto', por las dudas, creo que
será mejor si no se lo cuentas a nadie.

"Tengo entendido que tuvo un *affair* con un señor a quien
identifica sólo como Victor X. Éste se fue a la guerra . . . no sé
si a la Revolución o a la primera guerra mundial. De todos
modos, Victor X volvió de la guerra y de nuevo él y Mamá
Cristina se hicieron amantes. Ella nos dijo que estaba ena-
moradísima de Victor X, así que te puedes imaginar su decepción cuando le dijo que estaba embarazada y él le confesó que
estaba casado. Después de eso, desapareció, pero no para siempre. Después de unos meses, los hermanos de Mamá Cristina

la mandaron a otra ciudad con una tía, y allí fue donde nació mi madre.

"Victor X vino a reconocer a su hija, y durante esa visita, su relación con Mamá Cristina empezó de nuevo. Pero, después de un tiempo, desapareció de nuevo, esta vez por completo. Parece que se llevó a su otra familia al norte aunque no se sabe de veras qué se hizo de él. Lo importante es que Mamá Cristina nunca más supo de él.

"Un día, cuando mi madre tenía seis años, Mamá Cristina volvió aquí. Nunca dio ninguna explicación a nadie acerca de su hija. Sus hermanos se responsabilizaron de las dos, y aún todavía se encargan de sus gastos.

"Mamá Cristina insistió en que estaba en paz con lo suyo, y no necesitaba la simpatía de nadie. Lo único que nos pidió fue que pensáramos en mi madre. 'Isela', nos dijo, 'fue niña huérfana a pesar de que su padre todavía no había llegado a Mictlán'.

"Luego le tocó a mi madre contar sus penas. Como fue una guerra la que le cambió la vida, habló del papel que las guerras tienen en nuestra vida. Generalmente, nos dijo, los hombres poderosos empiezan una guerra como un acto de dominio. De esta forma piensan ganarse control sobre sus enemigos pero en realidad sus víctimas son los inocentes—los niños y las mujeres.

"Nos recordó cómo la segunda guerra mundial la afectó, robándole a su marido, a su amante y a su mejor amigo, robándole a la hija de su padre".

Por fin Verónica tomó una pausa, y contempló sobre lo que iba a decir.

"Nenita, hasta esa tarde no me había dado cuenta de lo frágil que es mi madre. Al oírla, llegué a dos conclusiones. Primero, que de alguna forma la tengo que ayudar a mejorar su situación emocional. Aun de más importancia para mí fue el darme cuenta de que no quiero ser como ella. Por eso, cuando me tocó a mí hablar, insistí en que terminaran los lamentos. Yo no quiero ser víctima, les dije. Todas dieron un gran suspiro de alivio y me dijeron que todos sus esfuerzos en favor mío los habían hecho para que yo llegara a esa misma conclusión.

"Luego, como es su costumbre, Mamá Cristina declaró dramáticamente que dejáramos nuestras penas a un lado y que celebráramos nuestros triunfos.

"Insistió en ser la primera. Nos dijo que unos años después de que Victor X la había dejado, decidió abandonar las precauciones, y se enamoró de nuevo. Aún hoy sigue queriendo a esa persona, nos dijo. Mis tías se sorprendieron de su confesión y querían saber más acerca del asunto pero Mamá Cristina solamente sonreía misteriosamente. Amanda, un poco molesta, le decía, 'Pero si tú nunca sales. La única persona con quien te juntas es con tu comadre Celia Ortiz'.

"Después de un momento, Amanda le dijo con incredulidad, 'Ay, no me digas que comparten un amante'. Mamá Cristina se rió con tantas ganas que nos contagió con la risa, y con eso nos olvidamos de la seriedad con que habíamos estado hablando. Entonces nos dedicamos a contarnos historias muy padres . . . de la picardía . . . de la felicidad". Verónica vaciló un poco, como si no supiera si debía continuar o no. "Las historias privadas", me dijo finalmente.

"¿Qué quieres decir con eso? ¿Qué no me las vas a contar?", le pregunté, sintiéndome defraudada.

"No, no te las voy a contar. Nos prometimos una a la otra de que no lo haríamos".

"Por lo menos, cuéntame lo que tú dijiste".

"Ya lo has oído. Yo conté lo de Omar".

Verónica se sonrió. Luego me agarró de los hombros y me sacudió un poco. "Pero, un momentito. ¿Por qué soy yo la única que debe contar de lo mío o de lo que he oído de las demás? Ahora te toca a ti decir algo".

Fijé mis ojos en los suyos, y después de pensar un poco le dije, "Muy bien, te contaré un cuentito pícaro. Pero antes de todo, te tengo que hacer unas preguntas. Por ejemplo, ¿Sabes qué es una foca?"

"Es un animal del mar. Vive a la orilla del mar o en el mar", me contestó, algo sospechosa.

"¿Qué es un foco?"

"¿Un foco? Bueno, es la palabra que usamos para referirnos a la bombilla. ¿No? ¿A lightbulb?"

"Exactamente. Pero fíjate que me acabas de decir que la foca es un animal del mar. Vamos a decir que la foca y el foco ambos son animales del mar".

Verónica seguía viéndome con una mirada dudosa.

"Acuérdate, Verónica, tú no me quisiste contar las buenas historias que oíste. Ahora me la vas a pagar por no habérmelas contado".

Me sonreí, luego con un tono burlón comencé mi cuento.

"Pues, tocó que una mañana la señora Foca llegó tarde al trabajo. Moviendo las caderas de un lado al otro, se fue a sentar a su escritorio. Todas sus compañeras de trabajo notaron que se movía sin gracia y que parecía que andaba incómoda, pero hicieron como que no notaban nada. Ya cuando iba en su tercera taza de café, su compañera de despacho se quedó mirándola con curiosidad.

"'¿Qué te pasa, Foca? Parece que no dormiste mucho anoche?'

"'Eso es cierto, Carmina. Me levanté bastante cansada esta mañana'.

"'¡Caray! ¿No me digas que estuviste trabajando hasta muy tarde?'

"'No, no fue eso. No me lo vas a creer, pero anoche fue de lo más especial, pues toditita la noche me la pasé con el foco prendido'".

Verónica soltó una carcajada. Agarró una almohada, y con ella me dio en la cabeza. Tras, tras, tras. Luego le saltaron las lágrimas mientras me decía entre risas, "Ay, Nenita, no me lo vas a creer pero jamás me he reído con tantas ganas".

IX

Leonor consideraba que David Baca era el único colega de Hugo a quien debía permitírsele venir a la cena del miércoles.

David acababa de llegar a nuestro pueblo. Hacía poco había recibido su título y en la actualidad trabajaba en el programa de negocios internacionales de la universidad local.

"David da cursos de negocios pero su gran afición es la música norteña. Eso en realidad es lo que lo trajo aquí", nos decía Hugo, al presentarnos al joven. "Se pasa su tiempo libre grabando los conjuntos de ambos lados de la frontera".

"David, ¿tú también tocas algún instrumento musical?", le preguntó Leonor mientras nos sentábamos a la mesa.

"Solamente la guitarra. Me encantan las canciones tradicionales, las de Agustín Lara, por ejemplo, y cuando canto me acompaño a mí mismo".

David se dirigió a Verónica. "¿Y a ti, te gusta la música?"

"¡Claro! Me gusta todo tipo de música", le contestó. "Pero tengo que confesar que no sé tocar ningún instrumento musical".

"Pero Verónica es artista de otro tipo", en seguidita agregó Leonor. "La única que le hace competencia en sus bordados es mi hermana. Y eso es porque no hay nadie en ninguna parte que borde mejor que mi hermana Amanda".

"Me encantaría ver tu trabajo", le dijo David con mucho interés.

Durante la cena, era claro que con la ayuda sutil de Hugo y Leonor, David hacía esfuerzos especiales para incluir a Verónica en la conversación, y cuando estaba listo para despedirse, le dio las gracias a Hugo y a Leonor por las horas tan agradables que había pasado con ellos. "Es la primera oportunidad que tengo para conocer a una familia local", les decía gentilmente. Luego agregó, "Me parece que su sobrina Verónica es encantadora".

"Pues, David, ¿por qué no la invitas a que te acompañe la próxima vez que vayas a escuchar música?", lo animaba Hugo. "Estoy seguro que a ella le encantaría ir contigo. Fíjate que Flaco Jiménez se presenta mañana. ¿Por qué no van juntos a oírlo? El concierto empieza a las ocho".

X

A causa de los diferentes horarios que teníamos, Verónica y yo no nos vimos por varias semanas. Yo estaba ocupada en la escuela y en la academia de baile, y ella salía con David todas las noches. Así que no tuvimos la oportunidad de conversar hasta casi un mes después de la cena en que conocimos a David. La ocasión fue la merienda que Leonor tuvo en su terraza para toda la familia.

Al encontrarme con Verónica, pensé que se veía muy cansada pero tan pronto como Leonor dijo que Isela tenía un anuncio para la familia, Verónica cambió de ánimo y se puso muy sonriente.

La semana siguiente, Isela anunció, Verónica y David se casarían en una ceremonia privada. Los invitados incluirían sólo a la familia y a algunos de los buenos amigos. Después de la boda, los novios irían a Acapulco para su luna de miel.

Las noticias no le sorprendieron a nadie. Cada quien hizo un gran esfuerzo por fingir felicidad y desearle lo mejor a la pareja.

Cuando por fin tuve la oportunidad de acercarme a Verónica, le pregunté abiertamente, "¿Qué piensas de lo que te está pasando? ¿Estás contenta?"

"Quisiera decirte que estoy de lo más contenta", me contestó con una mirada sincera.

XI

Cuando nació la niña, Leonor insistió en que Verónica había tenido suerte con el parto pues había dado a luz a una sietemesina de lo más hermosa. Leonor nos decía con entusiasmo en la cafetería del hospital, "Verónica tuvo una niña muy sana. Felizmente pesa siete libras".

"Vamos a verla", nos animó David.

Mientras caminábamos a la guardería, me dijo David con mucho orgullo, "A ver si puedes adivinar cuál es nuestra bebé".

"Ni lo intentes. Te puedes meter en líos", me advirtió Leonor. Luego señaló a la bebé que dormía en la tercera cuna. "¡Allí está la pequeña Destino!"

"¿Se va a llamar así?", le pregunté con sorpresa.

"Verónica quiere llamarla Destino Dulce". Leonor se reía entre dientes.

"Lo que dice Leonor es cierto. Así que tengo el placer de presentarte a esta pequeñita cuyo nombre es Destino. Para mí va a ser mi querida DiDi". David se veía de los más contento.

Él de veras piensa que Destino es su niña, me dije a mí misma. De repente me sentí muy extraña al ver qué inocentón era David. Al mirar a la bebé, se me ocurrió que Verónica se estaba escondiendo detrás de una muralla, invisible quizás, pero de todas formas atrapante. Me estremecí al darme cuenta de que Verónica había entrado al escondite peligrosísimo del autoengaño, y por eso me preguntaba si algún día no quedarían desilusionados los tres a causa de lo que estaba pasando.

XII

Esa noche soñé que Destino y yo nos encontrábamos en una prisión hecha de cristal verde. Varias personas desconocidas miraban que la tenía en mi regazo y al vernos hacían ondular unos pedazos de papel que guardaban en la mano. Todos movían la boca como peces y hacían sonidos que yo no lograba entender. Con impasibilidad y curiosidad yo miraba una cara tras otra, preguntándome quiénes eran esas personas. Me asombraba que toda esa gente se sintiera obligada a mandarnos un mensaje, algún deseo quizás, a Destino y a mí.

De repente Verónica apareció entre el gentío. Logró romper el cristal y abriéndose paso se acercó a Destino y a mí mientras la voz de la muchedumbre resonaba en unisón, "¡Esmeralda! ¡Esmeralda!"

"Quiero reclamar a mi Destino", afirmó Verónica al abrazar a la niña. "De hoy en adelante siempre será mi sombra". Con eso, de nuevo se abrió paso, esta vez hacia afuera. El populacho empujaba contra ella pero Verónica no se dejaba desviar de lo que hacía. Una vez que salió de entre la gente, alguien dentro de la muchedumbre gritó, "¡Se nos va!" Y la gente corrió en vano detrás de Verónica. "¡Esmeralda!", le gritaban. "No te nos vayas, Esmeralda. No te nos vayas. ¿Qué haremos sin tí a nuestro lado?"

Por fin me encontré sola en la casa de cristal. A mi alrededor, las paredes se desintegraban como figuras de caleidoscopio. Imágenes de flores y piedras preciosas pasaban como un relámpago frente a mis ojos mientras pétalos de dalias se deslizaban en líquidos tonos de carmín opaco y girasoles azafranados giraban en tés de yerbabuena. Vi racimos de crespones que flotaban contra un muro de jade derretido y, poco a poco, los trazos de la prisión de cristal fueron desapareciendo.

De inmediato me encontré en una casa de rafia dorada. En la oscuridad, una presencia color topaz comenzaba a brillar, y de su centro saltaban astros de un calor volcánico. Por todos lados, giraban aromas de copal y creosota, y el cuarto pronto se llenó de las flores nocturnas del alto saguaro. Satisfecha, comencé a entonar una melodía. Por fin, me entregué a la esencia de una energía poderosa que comenzaba a surgir desde muy dentro de mí, y de repente, una cara simpatiquísima apareció en la oscuridad. Un joven de piel de té de canela me miraba intensamente. Me sonreí al ver que me estaba ofreciendo rebanadas de tuna y una media naranja y sin la menor vacilación, extendí la mano para aceptar su regalo.

ZULEMA

La Familia Cárdenas-Mendoza

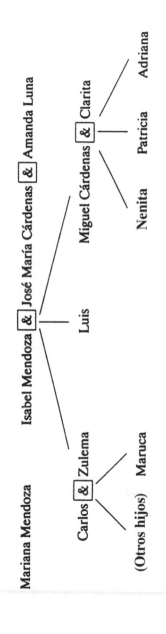

Mis abuelas y tatarabuelas, elocuentes analfabetas, cuya historia revela lo que las palabras no dicen.

Lorna Dee Cervantes

Zulema

I

Fue en aquella mañana de 1914 que Zulema escuchó la historia que le cambió la vida. Toda la noche anterior había oído tiroteos esporádicos, y sabía que tendrían que venir del otro lado, donde los Federales luchaban contra los Villistas. El ruido y la cama poco conocida la habían despertado mucho antes de que el repique de las campanas de San Agustín diera su primera llamada. A las seis, cuando los sonidos del campanario resonaban a la distancia, Zulema por fin se levantó. Al hincarse para decir sus rezos, sintió a Mariana en el cuarto de al lado. Tal vez, a ella también la habían levantado los disturbios de la noche.

Al entrar a la cocina, Zulema vio que Mariana se veía diferente. Traía los ojos hinchados y preparaba el café con una tensión que Zulema no reconocía en ella. Mariana dejó lo que hacía para saludar a la niña con un beso. "Te tengo muchas noticias", le susurró.

Y así fue como Mariana le contó la historia.

La voz le sonaba un poco falsa y cansada, y era obvio que trataba de mantener una cara libre de emoción. Después, cuando Zulema trataba de recordar la escena, lo único que podía captar era la palidez de Mariana y su voz temblorosa. En ese tono le había dicho que su nuevo hermanito por fin había llegado durante la noche, cansado de su viaje pero gordito y contento, y lleno de vida.

La noche había estado repleta de actividad, Mariana había continuado. Además de los tiroteos al otro lado del río, también había venido un mensajero desde San Antonio. A causa de él, Isabel se había ido a pasar un tiempo con su hermana Carmen, quien sufría de pulmonía. Tan pronto como se mejorara Carmen, Isabel regresaría a casa. Entre tanto, todos cuidarían al recién nacido. "Dale a mi Zulemita y a mi Miguelito un beso y diles que pronto volveré". Según Mariana, ésas habían sido las últimas palabras de su hermana.

"Tú te vas a quedar conmigo por un rato". Miguel se quedaría con su padre o con su abuela. Y el recién nacido se iría con doña Julia, la vecina que vivía al cruzar la calle, ya que ella también tenía una criaturita a quien estaba amamantando. Según Mariana, no iba a haber ningún problema. Ya todo se había arreglado lo mejor posible.

II

Pasaron treinta y cinco años. Luego, sería yo la que me pasaba las tardes sentada en el suelo de la recámara de Zulema. Durante mis visitas yo quedaba hipnotizada con los cuentos que me contaba. Respaldada contra unos almohadones que ella me había hecho, escuchaba versiones de lo que con el tiempo fui reconociendo como la misma historia. Con su voz profunda llenaba el cuarto de personajes fantásticos, cuyas excentricidades seguían girando en mi propia imaginación acelcrada. Muchos de sus cuentos eran sencillamente versiones de los que ella había oído de Mariana, pero la mayoría de sus narraciones las había inventado por sí misma. De tarde en tarde Mariana nos acompañaba. Silenciosa en su mecedora, Mariana casi siempre guardaba los ojos cerrados.

De vez en cuando abría los ojos. Se apoyaba en el brazo de la mecedora para escuchar mejor y luego movía la cabeza de lado a lado para corregir a Zulema. "No, no fue así", le decía.

Entonces se dirigía hacia mí con su propia versión del cuento que acabábamos de oír. Era difícil decidir cuál de las narraciones me gustaba más porque cada una tenía su toque con la descripción, y sabía exactamente dónde hacer su pausa para el máximo efecto. Sin embargo, supongo que en aquellos días yo creía que la "bola de años" de Mariana—tal como se refería a su edad—le daba una ventaja sobre Zulema.

Poco a poco me fui dando cuenta de que Zulema tenía un cuento favorito, el de la soldadera Victoriana que en la cumbre de la revolución se había venido a este lado a esperar a su novio Joaquín. Por un tiempo la gente que venía de su pueblo en Zacatecas le confirmaba su fe en que Joaquín todavía estaba vivo. Pero, al pasar los años, todos simplemente se fueron olvidando de Victoriana. Sin embargo, ella continuó esperando hasta aquella tarde imprevista cuando, después de que habían pasado treinta años, la gente volvió a encontrarla. Sentada en la misma silla en la que había iniciado su espera, estaba cubierta de telarañas y de polvo rojizo. A los pies, tenía su rifle mohoso, y en la cara llevaba una expresión resplandeciente.

Nunca me cansaba del cuento de Zulema. Cada vez que me lo contaba, ella hacía como si fuera la primera vez que me presentaba a Victoriana, y retocaba los hechos con unos que otros detalles más. El clímax, sin embargo, era siempre el mismo, pues Victoriana no había podido reconocer al hombre cuya memoria había amado durante todos esos años, y cuando los periódicos habían publicado la historia de Victoriana, de pura curiosidad, Joaquín había venido a verla. Después de su larga espera, ella no lo había distinguido de todos los demás visitantes a quienes había saludado esa tarde. Y Joaquín, quien años atrás había dejado de ser el campesino de quien ella se había enamorado para convertirse en un negociante bastante reconocido, se había divertido y a la vez avergonzado de los mosquitos y las mariposas que Victoriana llevaba en las telarañas que hacían una patina sobre su melena bien plateada.

Al concluir su cuento, Zulema describía cómo Victoriana abordaba los Ferrocarriles Nacionales Mexicanos, mientras los fronterizos tristones se despedían de la espléndida figura que había roto la rutina de sus vidas. A la distancia, Victoriana hacía ondular un pañuelo blanco al ritmo del movimiento del tren que la llevaba a su pueblo donde pensaba localizar a sus parientes a pesar de que la última vez que los había visto había sido en Bachimba. Allí, habían reclamado sus rifles para luego cabalgar hacia la distancia donde el remolino que había sido la revolución les controlaría su destino por completo.

Finales desconocidos, vidas inconclusas, eran los temas de casi todos los cuentos de Zulema aunque yo no podría decir cuándo comencé a darme cuenta de esto. El día en que cumplí seis años sentí que algo había cambiado, puesto que Zulema pasó de la fantasía a la biografía, y por primera vez me mencionó a Isabel. Sacó una fotografía de su misal y me la mostró.

"¿Sabes quién es?"

De immediato reconocí la foto, pues mi padre tenía una igualita. "Claro que sé quien es", le respondí en seguida. "Es tu mamá, mi abuelita Isabel".

Cuántas veces no había abierto y cerrado el primer cajón del armario de mi padre para lograr un vistazo de la joven que, en su blusa de encaje, me veía con una mirada suave y directa. Jamás me habían hablado de ella. Sólo sabía que era la madre de mi padre quien había muerto al dar a luz a mi tío Luis.

"Murió cuando tenía veinticuatro años. Yo tenía seis entonces", me dijo en una voz quedita. "Mariana de veras me tomó el pelo diciéndome que mamá se había ido con la tía Carmen".

Con la foto al pecho, Zulema comenzó a dar un suspiro tras otro. De repente se puso a llorar sin control. Entre lágrimas, me contó cómo diariamente había esperado a su madre aquel primer invierno, cuando Isabel se había ido sin ninguna despedida. Al oír gente pasar por la calle, corría a la puerta a averiguar quién era. El ruido del tranvía que pasaba frente a la casa la alertaba a la posibilidad de que su madre viniera en él; y cada vez que veía a Julia amamantar al bebé, se preguntaba si Luisito no echaba de menos el sabor de su propia madre. Comenzó a sentirse abandonada y a hablar de sus sentimientos. Sin embargo, todos mantenían la historia que Mariana le había contado. ¿Cuándo, cuándo, cuándo va a volver? le preguntaba a la tía, y Mariana por fin le había contestado, "Cuando termine la guerra, volverá tu mamá".

Y así fue que la pequeña Zulema de ocho años se interesó en la revolución. Por la noche cuando oía los tiros o las ambulancias, sollozaba contra la almohada hasta quedarse dormida. Y en la mañana, los sonidos de las cornetas militares que venían de lejos la hacían ponerse tiesa por unos segundos. En las tardes después de su clase, se iba a caminar cerca del río para mirar al otro lado, hacia la nación abrumada por la guerra. Luego, cerraba los ojos y suplicaba con todo su ser que terminara el conflicto. Era entonces que veía a Isabel acercársele con los brazos extendidos, pero algo muy dentro de su ser le decía que no podía fiarse de esa imagen de su madre porque sabía que la guerra no estaba por terminar.

Diariamente se daba cuenta de la gente que cruzaba el puente, gastados por sus angustias personales. Algunos venían con sus efectos en carretones; otros cruzaban con maletas de cuero o con maletines de paja. La mayoría, sin embargo, llegaba únicamente con morrales al hombro. A veces su padre le daba trabajo en la marqueta o en el rancho a uno que otro de los recién llegados, y entonces Zulema aprovechaba que los tenía allí a la mano antes de que ellos siguieran más al norte y les preguntaba acerca de la guerra. Por lo que le decían, Zulema sentía que nadie tenía la menor idea de cuándo iba a terminar la guerra. Casi nadie sabía lo que estaba pasando y muchos le daban la impresión de que lo único que valía era que el destino les había cambiado el curso de la vida para siempre.

Al oír estos cuentos en los que la muerte era la antagonista principal, Zulema se fue poniendo más y más aprehensiva, y al ir creciendo comenzó a dudar de la asociación entre el final de la guerra y el regreso de Isabel. Un día trató de contarle de su madre a Carmela—quien acababa de empezar a trabajar en su casa—y por primera vez, se dio cuenta de que ya no tenía una imagen clara de ella. La memoria misma comenzaba a hacerse memoria, y ésta, día a día iba deshaciéndose de los detalles más inesperados.

Para el día de su cumpleaños en 1917, estaba lista para hacerles saber a todos la conclusión a la que había llegado y mientras la familia la festejaba, de repente les dijo que sabía que la guerra había terminado. Sin embargo su madre no había vuelto. "Sé que se perdió", dijo muy deliberadamente. Luego, mirando a Mariana, anunció con finalidad, "Yo ya no tengo mamá".

Y ese mismo día comenzó a contar sus cuentos. Se llevó a Miguelito y a Luisito a su cuarto y los sentó en el suelo. Ella se recostó sobre la cama, mirando al techo. "Les voy a contar un cuento de nunca acabar", empezó mientras narraba su versión de la "Bella Durmiente", a quien la había encantado su malvada madrastra. De este encanto la iba a despertar un beso de un maravilloso príncipe pero en realidad eso no pudo suceder. Dirigiéndose a sus hermanos, les preguntó si sabían por qué el príncipe no había logrado encontrarse a la Bella Durmiente. Luego, sin darles la oportunidad de contestar, puesto que éste tenía que ser su propio cuento, Zulema continuó con gestos melodramáticos.

El príncipe no pudo encontrar a la Bella Durmiente, decía en voz baja, porque tan pronto como empezó su búsqueda, una revolución estalló, y le llegó la noticia que Emiliano Zapata iba a confiscarle su caballo blanco. Por eso, el príncipe tuvo que irse a pie y, como no estaba acostumbrado a valerse por sí mismo, no tenía ninguna idea de cómo llegar a su destino. Decidió regresar a su casa, pero al acercarse al castillo, se dio cuenta de que los revolucionarios lo habían volado a cañonazos. También los revolucionarios habían declarado que él ya no podía ser príncipe sino que ahora era una persona como todos los demás. Confuso, el príncipe no pudo lograr su misión y la pobre Bella Durmiente se quedó allá en el bosque totalmente olvidada. Llegó el día en que nadie se acordaba, ni mucho menos se preocupaba, de los problemas de aquella pobrecita Bella Durmiente, tan tonta que había pensado que necesitaba vivir en un castillo con un príncipe. Así fue que, sin darse cuenta de las repercusiones de lo que hacían, los revolucionarios lograron deshacerse no sólo de todos los príncipes sino también de todas las niñas consentidas que actuaban como si fueran Bellas Durmientes.

Aquella tarde, me la pasé escuchando a Zulema recitar cuentos de esta índole, uno tras otro. Desde que era niña, me decía, a sus hermanos no les gustaban sus tramas porque las consideraban extrañas y sus finales mórbidos. De vez en cuando había tratado de contarle sus cuentos a su padre pero él no tenía el menor interés en ellos. Y Mariana, quien tal vez entendía mejor lo que ella trataba de decir, pensaba que tenía derecho a cambiar sus finales. Por eso, había carecido de público y se había tenido que tragar sus cuentos durante todos esos años. Sólo yo la había dejado contármelos tal como ella quería contarlos.

"Zulema, a mí me gustan tus cuentos", le aseguré, deshaciéndole las trenzas para luego peinarla con mis pequeños dedos. A la vez, la miraba a través de mis propias lágrimas.

Zulema no se parecía ni a Mariana ni a la Isabel de la foto. Al contrario, ella se veía bastante ordinaria, con su pelo apartado por el centro y plegado en dos trenzas gruesas que le sobrecruzaban por enfrente. No se parecía a mi madre tampoco, quien lucía el estilo del día. Con el cabello peinado hacia atrás, mi madre cubría con su propio pelo la rata postiza que llevaba prendida al margen del cráneo. A mí me gustaba más el cabello de Zulema, y me encantaba destrenzárselo para luego cepillárselo hasta que le sacaba todas las ondas, y lo hacía llegar hasta su cintura.

Esa tarde le presté atención especial y le trencé un listón rojo de satín que la hacía verse muy linda. Mientras le hacía sus toquecitos de belleza, ella continuó con la narrativa que por años no había compartido con nadie. Se olvidó de la elaboración que solía darle a sus otros cuentos y, al describir el acontecimiento principal de su vida, fue directa y tersa. No culpaba a Mariana ni a su padre porque entendía que ellos la habían tratado de proteger del mismo dolor que sin darse cuenta le llegaron a causar.

Poco a poco, seguía, se le fue acabando la esperanza de poder ver a su madre de nuevo, y para cuando tenía doce años dejó de creer que su madre iba a regresar. Sin embargo, a veces, al abrir alguna puerta en casa de su padre, tenía la sensación de que Isabel estaba sentada allí en su sillón. Otras veces, sólo por un instante, veía a una figura luminosa con un niño en los brazos pero no lograba verles la cara por el brillo que irradiaba de ellos. Por esos días también comenzó a abrir de par en par todas las puertas de la casa. Igualmente, se fue fascinando con los baúles y las cajas que estaban guardadas en el sótano, y ésos también los fue abriendo uno por uno.

Un día cuando visitaba a su padre y a Amanda, Zulema se había hallado sola en el despacho de su padre. Comenzó a esculcar en el escritorio y de repente en uno de los cajones, debajo de algunas fotos y álbumes, encontró lo que sin darse cuenta había andado buscando durante todos esos meses. Allí se encontró una esquela con márgenes negros y letras grabadas. Tomándola en mano, leyó: "Isabel Mendoza Cárdenas, esposa de José María del Valle, 1890–1914". Sin emoción, leyó estas palabras cantidades de veces. Luego, por fin siguió con el resto del anuncio. Éste indicaba que la sobrevivían sus tres hijos, Zulema, Miguel, y Luis.

Zulema dejó la esquela en el mismo sitio. Después de esa tarde dejó de abrir puertas y cajas, aún hasta en casa de Mariana. Comenzó a levantarse a las seis de la mañana para asistir a misa en San Agustín donde se quedaba hasta las ocho y media cuando tenía que irse a la escuela. Sin darse cuenta, fue perdiendo interés en lo que pasaba en sus clases y un jueves decidió quedarse en la iglesia todo el día. Por varias semanas se sentó en la inmensa iglesia donde el incienso le suavizaba las memorias y las velas que iba encendiendo le aclaraban la oscuridad.

El Padre Salinas, quien notó que las velas iban desapareciendo y que sus parroquianos no estaban dejando lo suficiente para cubrir el costo, se responsabilizó por lo que pasaba. El primer día en que se puso al tanto de lo que pasaba, se encontró a Zulema sentada en la primera fila, mirando a la Virgen con el niño Jesús. Vió que después de un rato, la niña se levantó y comenzó a prender velas, y cuando éstas se derretían, siguió prendiendo más.

Fue por eso que ocurrieron dos acciones que sellaron el destino de Zulema. El Padre Salinas le habló a Mariana de los gastos eclesiásticos, y la maestra le informó a José María Cárdenas que hacía tiempo que su hija no iba a clase. José María ni discutió el asunto con Zulema sino que habló directamente con Mariana. Por eso, a ésta le tocó explicarle a la niña que su padre decía que ya no podían fiarse de ella. Él quería que Zulema se quedara en casa y que de allí en adelante, siempre fuera acompañada por algún primo o alguna tía.

A Zulema en realidad no le preocuparon las restricciones porque jamás se había sentido objeto de tanta atención. De Mariana aprendió recetas para los platos tradicionales, y como parte de las preparaciones para hacer mole, salían al gallinero a escoger dos o tres pollos bien gordos. Luego Mariana le enseñó a torcer el pescuezo de los pollos y a cortarles la cabeza con un fuerte machetazo. Después de limpiar los pollos, los ponían a hervir a fuego lento, y luego se pasaban casi todo el día con los condimentos. En el metate molían los cacahuates, y las semillas de ajonjolí y de cacao.

Le encantaba preparar la capirotada y la leche quemada para el postre, y la primera vez que preparó toda una cena para doce personas gozó de todos los elogios que recibió; sin embargo, su plato favorito llegó a ser la riquísima fritada de cabrito que a todos también les gustaba mucho.

Doña Julia le enseñó a tejer con gancho no sólo blusas y guantes sino también manteles y sobrecamas. Al cumplir sus quince años, Zulema fue festejada con una quinceañera, y para la misa, invitó a sus catorce damas con sus chambelanes. Después de la misa la fiesta continuó con un baile que duró hasta la madrugada.

En su propia fiesta Zulema conoció a Carlos Rendón, el hijo de uno de los amigos de su padre. Bailó muchas piezas con Carlos y, días después de la fiesta, éste fue a pedirle permiso a José María para visitar a Zulema. Poco después, cuando las amigas de su tía se reunían a confeccionar colchas, ellas comenzaron a preguntarle acerca de su novio. Haciéndose como que se concentraba en la colcha que preparaba, Zulema no compartía nada acerca de Carlos. Pero al terminar la colcha, comenzó a llenar su propio baúl con su ajuar y dos años más tarde, cuando se casó con Carlos, pudo llevarse consigo todo lo necesario para su nuevo hogar.

El año siguiente, cuando la pareja tuvo su primer hijo, Mariana se vino a vivir con ellos, y por unos años, los tres vieron a la familia crecer. Mucho después, cuando los hijos mayores se fueron a estudiar en la universidad, la familia de nuevo se empequeñeció. Maruca, la hija menor, como su madre, se casó a los diecisiete años y fue la última en salir de casa.

Zulema había tratado de involucrar a cada uno de sus hijos en sus cuentos, pero a los cuatro les habían parecido repetitivos y no muy interesantes; así que por mucho tiempo se mantuvo en silencio. Pero por fin había encontrado a su oyente. Casi incrédula, Zulema me escuchaba pedirle un cuento tras otro, y llena de satisfacción comenzó de nuevo a pensar en sus propios personajes favoritos.

"Contar cuentos es lo que más me ha gustado", me confesó.

"A mí también". Me sonreí mientras le ajusté los listones rojos.

Durante el transcurso de aquella tarde, Zulema se fue calmando y adquirió un sentido de seguridad que no había mostrado antes. Feliz, yo estaba al punto de pedirle otra narración cuando inesperadamente se abrió la puerta.

"¿Qué hacen sentadas en las tinieblas?" Era mi prima Maruca la que prendía la luz. "Ay, mamá, ¿por qué te has puesto esos listones? Te hacen verte tan chistosa".

"No, se ve muy linda", la contradije.

Maruca rechazó mi comentario con un movimiento de la mano. "Ustedes siempre están en su mundo de fantasía. Dejen eso a un lado y vénganse a cenar. Traje una charola de pollo frito y ensalada de papa. Ahora mismo voy a poner la mesa".

"Ahorita vamos", le contestó Zulema. "Déjanos nomás terminar aquí".

En el instante en que nos quedamos solas, Zulema me dijo con firmeza, "tenemos que guardar entre nosotras lo que te he contado. Pobre Mariana. Hace tanto tiempo que murió Mamá que ya ni para qué andar armando borlotes".

III

Por la cuarta vez releí lo que había escrito para el día 16 de abril. Cambié unas cuantas palabras, luego cerré el cuaderno, frotando la lisa cubierta de cuero y recordando la sorpresa que Mariana y Zulema me dieron el año anterior al regalarme el cuaderno para la Navidad. Releí la inscripción que me habían puesto: "¡Que estas páginas te ayuden a que tus sueños y aspiraciones se realicen!".

No había sido al azar que lo primero que agarré al oír las noticias acerca de Zulema fue el cuaderno. Desafortunadamente, con la prisa con la que había salido a la estación de autobuses, me olvidé de los lentes oscuros y ahora me molestaba la luz brillante de la tarde. Así que cerré los ojos contra el deslumbramiento y traté de dormir un rato. Pero los nervios no me dejaron dormir y después de unos minutos abrí los ojos para averiguar la hora. Faltaban dos horas y media para llegar.

Del asiento vacío a mi lado tomé la revista que había comprado en la tienda del Greyhound en San Antonio. Al hojearla veía las noticias acerca de Cuba, Vietnam y Laos. Una foto de Barbra Streisand y otra de los Beatles. Muchos jóvenes manifestaban en contra de la guerra. Me era imposible concentrarme, y cerré la revista para luego recargarme contra la ventana. Extendí las piernas sobre los dos asientos y desde esa posición miré a los otros pasajeros. La mujer que iba dos filas hacia mi izquierda me recordaba a la madre de Florinda por su pelo bien rastrillado.

Volví a cerrar los ojos. Hasta ahora no había conocido a la madre de Florinda pero, por lo que me había contado mi hermana, tenía una idea de cómo se había vestido el día en que salió de Cuba hacía cinco años. Antes de su salida se había dejado crecer el pelo. Luego, el día en que la familia abandonó la isla, se había hecho un moño al estilo francés. La parte que quedaba cubierta la había dividido en tres secciones. Primero se había hecho un moño pequeñito que había sostenido con unas horquillas encrustadas de joyas—una verdadera fortuna me habían dicho. Este pequeño moño fue cubierto por otro más grande, también sostenido por más horquillas con joyas. La capa de encima cubría las joyas pero para asegurarse de que el escondite iba protegido, se había aplicado una capa de laca bien dura. Como para burlarse del destino, se había decorado el peinado con mariposas de gaza color de rosa. Éstas las llevaba atadas al cabello con unos alambritos muy finitos.

Según Florinda, su madre se veía tan ridícula que nadie la había tomado en cuenta. Con lo que había sacado, la familia estableció una pequeña tienda de telas que, sólo cuatro años déspues, ya tenía bastante éxito.

Abrí los ojos para ver a la señora a mi izquierda. Como pasaba siempre, la historia de la madre de Florinda me hacía sentirme incómoda, y prendí un cigarrillo. Debido al ángulo con que me pegaba el sol, el humo del cigarrillo parecía hacer cspirales de niebla tupida. Viendo cómo ondulaban las vueltas de humo, pensé en la película que acababa de ver la semana anterior, "Pedro Páramo", basada en la novela de Juan Rulfo. Recordé cómo los vapores tumultuosos le dificultaban a Juan Preciado, uno de los personajes principales, en la búsqueda de su padre, pues entre más entraba Juan Preciado al mundo de los muertos, más difícil se le iba haciendo su viaje.

Al pensar más sobre la novela de Rulfo me di cuenta de que en realidad ésta tenía mucho que ver con la manera en la que nos habíamos enterado de la muerte dc la madre de Zulema.

"Ésta es mi novela favorita", les había asegurado a Zulema

y a Mariana al darles a cada una una copia de *Pedro Páramo*. "Pero tengan en cuenta que hay mucho en ella que no entiendo muy bien", les advertí. De esta manera, durante mis vacaciones de *Thanksgiving* les había presentado a las dos los espíritus de Comala, el lugar en donde se desarrolla la novela.

Nos pasamos tres días leyéndola. Mariana y yo hacíamos la lectura en voz alta, y de vez en cuando Zulema también tomaba su turno.

Mariana había sacado su botella de Cuervo Añejo y, entre sorbitos de tequila, habíamos comentado sobre los pasajes más difíciles. A Mariana, en particular, le gustaban los personajes del Rancho Media Luna, ya que ellos formaban parte de un período que todavía recordaba bien. Y Zulema, tal como yo lo había anticipado, se había identificado con el personaje de Susana cuyo destino también había sido afectado por la muerte prematura de su madre.

"Los espíritus siempre siguen afectando a los que les sobreviven", lamentó Mariana. "Aquí mismo tenemos el ejemplo de Zulema, quien sufrió tanto después de la muerte de Isabel".

Zulema y yo nos miramos una a la otra. Parecía que después de cincuenta años de la muerte de su hermana, Mariana había decidido romper el silencio.

"¿Por qué dices eso, Mariana?", le pregunté en voz baja.

"Es que los murmullos se ponen más fuertes cada día", contestó, extendiendo las manos sobre la silla. Cerró los ojos y comenzó a moverse en la mecedora con determinación. Nos dejó entender que la conversación había terminado; por lo menos no quería más preguntas. Después de unos segundos se paró y nos dio una mirada intensa. A la vez murmuró, "Ya es tiempo".

Con afirmación dijo que nos iba a llevar a la tumba de Isabel.

Rumbo al cementerio llevamos un silencio abrumador. Como el resto de la familia, yo también había sucumbido casi totalmente a la historia de la partida de Isabel y ni había preguntado jamás dónde estaba sepultada. Por veinte años, desde el día en que Zulema me había contado su versión de la muerte de su madre, yo había separado a Isabel del mundo táctil y la había colocado en el reino de los espíritus. No podía imaginarme lo conmovida que debería de estar Zulema, quien no había dicho ni una palabra desde el instante en que Mariana mencionó a Isabel.

"Vamos por este camino". Mariana nos señalaba la parte antigua del cementerio por donde nos llevaba. Por fin llegamos al lado de una tumba con un ramillete de cempasúchiles en un bote rojo de lata. Éste estaba medio enterrado al frente de la lápida sepulcral que conmemoraba la vida y muerte de "Isabel Mendoza de Cárdenas, 1890–1914".

Me acerqué a Zulema. Noté que le temblaban los labios y que hacía gemidos. Mariana también se le arrimó. La abrazó, luego apoyó la cabeza contra su hombro.

"Nunca supe cómo remediar lo que pasó", dijo Mariana sencillamente. Era obvio que quería contarnos lo que había pasado. Así que caminamos unos metros a una sillita blanca de hierro forjado donde nos mantuvimos en silencio.

Por fin Mariana comenzó a contarnos el dilema que había pasado cuando la familia la había escogido para contarle a Zulema la historia que se habían inventado sobre la muerte de Isabel. Desde el principio había hecho ajustes cuando, en lugar de asistir a la novena para su hermana, se había quedado en casa con Zulema. Luego cuando la niña comenzó a mostrar su desconfianza, Mariana había dudado la decisión de protegerla de la realidad.

Pero, después de un tiempo, casi todos habían aceptado la historia como verdad, y tácitamente creían que sería mucho más difícil ajustarse a una nueva realidad que seguir con lo que ya se había establecido. "No sabía qué hacer", siguió repitiendo.

Luego nos contó de sus visitas semanales al cementerio con las que mantuvo viva la memoria de Isabel. Por años se había salido a escondidas para venir en autobús al cementerio, con su ramillete de cempasúchiles aunque, al pasar el tiempo, sus visitas se fueron haciendo más y más esporádicas. Sin embargo, apenas la semana pasada había traído el pequeño ramillete en el botecito de Folger's, que acabábamos de ver.

Tomando en cuenta las piernas reumáticas de Mariana, le pregunté cómo había podido mantener su manera de recordar a su hermana por tanto tiempo.

"Uno opta por lo que tiene que hacer. Es todo", afirmó.

Por el resto de aquel día yo traté de juntar las diferentes partes de la historia para tratar de sacarles sentido, y en unas páginas sueltas comencé a escribir trozos largos acerca de Isabel, Mariana, y Zulema.

Después de las vacaciones, al volver a mi cuarto en la residencia estudiantil seguí con lo que había empezado, y un día en la primera semana de diciembre metí todas mis notas en un sobre y se las envié a Mariana y a Zulema con instrucciones de que me las guardaran. Fueron esas notas el motivo que las hizo regalarme el diario tan bello, con su cubierta de cuero azul.

Abrí los ojos, y lo busqué en el asiento a mi lado; y al levantar los ojos me di cuenta de que acabábamos de llegar. Mientras el autobús cruzaba las calles en rumbo a la terminal, tomé mis maletines y me fui acercando a la puerta. Tan pronto como llegamos a la terminal, vi que Patricia me estaba esperando en su pequeño Volkswagen.

"¿Cómo se encuentra Zulema? Por favor dime que no he llegado tarde", le rogué al subir al carro.

"Pues, se ha estado manteniendo con un hilito pero no creo que va a durar mucho más", me contestó mi hermana al dirigirse hacia el hospital. "Esta mañana tuvo otro ataque al corazón y el médico no cree que vaya a sobrevivirlo".

IV

Sentí el olor del incienso y el murmullo de rezos tan pronto como abrí la puerta del cuarto. El Padre Murphy echaba el agua bendita y recitaba los versos de la extremaunción sobre el cuerpo en el lecho. Mi madre me tomó la mano y me dijo muy quedito, "Cuánto lo siento. Murió hace un cuarto de hora".

Sentía que todo el mundo me veía mientras caminaba hacia el lecho. Me agaché para besar las mejillas bien lisas, mientras que los ojos se me llenaron de lágrimas. Por mucho tiempo me quedé mirando el cuerpo sin decir nada pero poco a poco me fui dando cuenta de lo que tenía que hacer.

Le pedí prestado el carro a mi hermana y me fui al otro lado del río, a la iglesia que estaba al lado de la primera plaza. Muchas veces, allí había visto ofrendas de milagros que los creyentes prendían a la ropa de los santos. Entré a la tienda de artículos religiosos que estaba al lado de la iglesia, y allí encontré lo que buscaba: centenares de milagros que venían en diferentes materiales, tamaños, formas. Los grandes no me interesaban y sabía que no podía comprar los de oro. De los milagros de lata de media pulgada, escogí los que venían en tres formas—perfiles humanos, corazones ardientes, y lenguas alumbradas.

La dependienta de la tienda se sorprendió cuando le dije que quería cinco docenas de cada uno, pero esperó con paciencia mientras hice mi selección. Luego me arregló los milagros en tres bolsitas de papel.

Volví al carro y me dirigí al mercado de flores donde escogí varias docenas de cempasúchiles. Les pedí que me las dividieran en ramilletes de tres flores y que las amarraran con listoncitos blancos. Las flores casi llenaron el asiento de atrás y el inspector de la aduana comentó sobre mi ofrenda de flores "para los muertos". Al volver a este lado me paré en una papelería donde compré velas color carmín, perfumadas a canela. Luego, rumbo a Brewster Funeral Parlor, donde pensaba dejar mis compras por unas horas, pasé en frente de una "discolandia".

Frené de pronto, y me estacioné al lado. Entré corriendo a preguntar si tenían discos en blanco tamaño 45. El dependiente me dijo que tenían tres discos de esos de una orden especial que tenía mucho tiempo en la tienda. Después de que los localizó, volví al carro con mis compras.

Por fin llegué a la funeraria donde le tuve que explicar al administrador lo que pretendía hacer. De mala gana me dio permiso de llevar a cabo mis planes, pero solamente después de que le expliqué todos los detalles por lo menos cinco veces.

A la hora en que habíamos quedado de acuerdo, volví a la funeraria y por tres ó cuatro horas me dediqué a mi labor. Después de tanto tiempo de estar agachada, me dolía la espalda pero, entre lágrimas, continué con lo que hacía, cosiendo los milagros en el satín que cubría el interior del ataúd. Pasaba el ojito de cada figura de lata con tres pespuntes apretados para hacer tres arcos en el satín: las caritas quedaban en la fila de afuera, las lenguas quedaban en medio y los corazones formaban la fila de adentro.

Me puse a llorar de nuevo. Luego di unos pasos hacia atrás para mirar los milagros desde otra perspectiva. Me parecían hermosos, cada uno con su pequeño listoncito rojo. Me imaginaba cómo se veía este magnífico destello de colores desde dentro del ataúd, y quedé satisfecha.

Dando suspiros, arreglé las cempasúchiles en una auréola alrededor del cadáver. Puse las velas en una fila enfrente del ataúd con el fin de que sus olores rompieran los confines del espacio. Finalmente arreglé los tres discos al lado izquierdo del cadáver. "Llénalos con tus cuentos favoritos", le murmuré. Una vez terminada mi labor me quedé sentada en la semioscuridad, dejándome llevar por el mesmerismo del olor de las flores y el resplandor perfumado de las velas. Sabía que después de la medianoche, el cadáver estaría listo para ser vigilado por la familia y los amigos. Al mismo tiempo, estaba bien segura de que esta noche no quería ver a nadie.

Por fin me levanté y caminé hacia el ataúd. Los milagros se veían espléndidos, pero aun así no sabía cuál sería la reacción de la familia. Me quedé viendo a la figura tan querida por última vez, y luego salí de la funeraria, sabiendo que no iría al entierro al día siguiente.

Tan pronto como llegué a casa comencé a escribir en mi cuaderno azul. Por dos días estuve escribiendo hasta que llené todas las páginas. Luego le pasé el libro a Patricia, pidiéndole que leyera lo que acababa de terminar.

Empezó en la primera página y leyó por varias horas. A veces veía que movía la cabeza de lado a lado y casi hacía sonidos para sí misma. Cuando terminó, cerró el libro pero mantuvo una mano sobre él.

"No, no fue así", me dijo.

Mientras hablaba le cruzó por la cara una expresión de desaprobación. "La historia de la familia no es como la has presentado. Has hecho una mezcolanza de algunos de los cuentos que te contaron Mariana y Zulema, que en primer lugar, tal vez ni eran ciertos. Yo he oído otras versiones de la Tía Carmen y aún de Zulema. Creo que Mariana jamás se reconocería a sí misma si le enseñaras lo que tienes aquí".

"Pues yo no entiendo lo que estás tratando de decir", continuó Patricia, "pero protesto porque lo que tienes aquí no es lo que pasó".

Por un segundo, me quedé viendo a Patricia. Luego agarré mi cuaderno, y al hacer esto me acordé que mi madre había dicho que su propio libro de memorias había sido mucho más que una colección de imágenes de nuestra familia. Allí, ella había guardado no sólo el pasado que verdaderamente había existido sino también el otro pasado, el pasado que más nos había entretenido—el de nuestra imaginación.

Sonreí al abrazar a mi hermana. Luego, frotando los dedos sobre la cubierta azul de mis memorias, le respondí, "Recuerda lo que siempre hemos dicho entre nosotras, Paty. 'Uno cuenta de la feria según lo que ve en ella'".

Se agradece el permiso para citar de las siguientes obras:

Selección de *The Ethnic Origins of Nations* de Anthony Smith. Oxford: B. Blackwell, 1987.
Selección de "Holiday Traditions Meld Generations" de Ellen Goodman. Se cita con el permiso de la autora.
Selección de *In Search of Our Mothers' Gardens*. Registrado con permiso de autor por Alice Walker en 1974. Se reimprime con el permiso de Harcourt Brace Jovanovich, Publishers.
Selección de *Dangerous Music*. Registrado con permiso de autor por Jessica Hagedorn en 1976. Se reimprime con el permiso de Momo's Press.
Selección de las *Obras completas* de Pablo Neruda. Buenos Aires: Editorial Losada, 1968.
Selección de "Three Songs to Mark the Night" de Judith Mountain Leaf Volborth. En *That's What She Said: Contemporary Poetry and Fiction by Native American Women,* Rayna Green, ed. Bloomington: Indiana University Press, 1984.
Selección de "Romance sonámbulo", *Romancero gitano* de Federico García Lorca. México: Editorial Diana, 1964.
Selección de "Solamente una vez" de Agustín Lara.
Selección de "With No Immediate Cause" de Ntozake Shange. Se usa con el permiso de la autora.
Selección de *Emplumada* de Lorna Dee Cervantes. Se reimprime con el permiso de University of Pittsburg Press, 1981.

❧ ❧ ❧

Con la excepción de los versos de Pablo Neruda, los epígrafos son traducciones del inglés al español por la autora.

❧ ❧ ❧

Otra versión de "Amanda" [en español] apareció en *Revista Chicano Riqueña* VIII. 3 (1980) y en *Cuentos hispanos de los Estados Unidos,* Julián Olivares, ed. Houston: Arte Público Press, 1993.
Otra versión de "Zulema" [en español] apareció en *Revista Chicano Riqueña* XI: 3–4 (1983), *Fem* 10:48 (1986), y en *Cuentos hispanos de los Estados Unidos,* Julián Olivares, ed. Houston: Arte Público Press, 1993.

Huntsville Public Library

5 1216 01006664

OVERDUE FINE 10 CENTS PER DAY

HUNTSVILLE PUBLIC LIBRARY

1216 14TH STREET

HUNTSVILLE, TEXAS 77340

(936) 291-5472

DEMCO